DE L'AMOUR ET AUTRES DÉMONS

GABRIEL GARCÍA MÁRQUEZ

De l'amour
et autres démons

ROMAN TRADUIT DE L'ESPAGNOL (COLOMBIE)
PAR ANNIE MORVAN

GRASSET

Titre original :

DEL AMOR Y OTROS DEMONIOS
Mondadori, Barcelone, 1994

ISBN : 978-2-253-14145-7 - 1ʳᵉ publication - LGF

Pour Carmen Balcells, baignée de larmes.

« La résurrection des autres membres semble plus nécessaire que celle des cheveux. »

Thomas d'Aquin,
De l'intégrité du corps ressuscité.
Somme théologique, supplément, Q. 80, art. 5.

Le 26 octobre 1949 fut une journée sans événement particulier. Clemente Manuel Zabala, rédacteur en chef du journal où je faisais mes premières armes de reporter, conclut la réunion de la matinée par deux ou trois suggestions de routine. Il ne confia aucune tâche précise à aucun journaliste. Quelques minutes plus tard, il apprit par téléphone que l'on vidait les cryptes de l'ancien couvent de Santa Clara et me dit, sans trop y croire :

« Fais un tour là-bas et vois si tu peux en tirer quelque chose. »

Le couvent historique des clarisses, transformé en hôpital un siècle plus tôt, était en vente et l'on allait construire à sa place un hôtel cinq étoiles. Sa magnifique chapelle était presque à ciel ouvert car la toiture s'était peu à peu effondrée, mais dans les cryptes reposaient encore trois générations d'évêques, d'abbesses et autres dignitaires. Il fallait d'abord les vider, remettre les cendres à qui les réclamerait et jeter le reste à la fosse commune.

Le caractère primitif de la méthode me surprit. Les ouvriers éventraient les caveaux à coups de pelle et de pioche, sortaient les cercueils pourris qui, à peine déplacés, se désagrégeaient et ils séparaient les ossements des monceaux de poussière mêlée de lambeaux d'étoffes et de cheveux fanés. Plus illustre était le mort plus difficile était le travail car il fallait fouiller les débris des corps et tamiser les cendres avec délicatesse pour prélever les pierreries et les bijoux précieux.

Le maître d'œuvre copiait sur un cahier d'écolier les inscriptions portées sur chaque plaque, rangeait les os en petits tas bien séparés et posait sur chacun d'eux la feuille avec le nom pour éviter qu'on les confonde. Si bien qu'en pénétrant dans ce temple ma première vision fut une longue rangée de monticules d'ossements, chauffés par le soleil barbare du mois d'octobre qui dardait ses rayons par les trous de la toiture, sans autre identité qu'un nom écrit au crayon sur un petit bout de papier. Presque cinquante ans se sont écoulés depuis et je ressens encore la stupeur éprouvée à la vue de cette illustration terrible du cours dévastateur du temps.

Là, parmi d'autres, il y avait un vice-roi du Pérou et son amante clandestine ; don Toribio de Cáceres y Virtudes, évêque de ce diocèse ; plusieurs abbesses du couvent, dont la mère Josefa Miranda, et le bachelier ès arts don Cristóbal de Eraso qui avait consacré la moitié de sa vie à lambrisser les plafonds. A l'entrée d'une crypte fermée se trouvait la plaque commémorative de don Ygnacio de Alfaro y Dueñas, deuxième marquis de Casalduero, mais quand on l'ouvrit, on s'aperçut qu'elle était vide et n'avait pas servi. En revanche, les restes de la marquise, doña Olalla de Mendoza, reposaient sous sa pierre tombale dans la crypte voisine. Le maître d'œuvre n'y attacha pas d'importance : il était courant qu'un noble créole désigne l'emplacement de sa sépulture et qu'on l'inhume dans une autre.

Pourtant, l'événement était là, dans la troisième niche de l'autel majeur, du côté de l'Evangile. Au premier coup de pioche la pierre se désintégra et une chevelure vivante d'une intense couleur de cuivre déferla hors de la crypte. Le maître d'œuvre voulut la dégager tout entière avec l'aide des ouvriers, et plus ils tiraient plus elle semblait longue et abondante, jusqu'au moment où l'on distingua les dernières boucles collées à un crâne d'enfant. Il ne restait à l'intérieur de la niche que de menus ossements épars, et sur la pierre taillée rongée par le salpêtre ne figurait qu'un simple prénom : Sierva María de Todos los Ángeles. Déployée à terre, la splendide chevelure mesurait vingt-deux mètres et onze centimètres.

Le maître d'œuvre m'expliqua sans plus d'étonnement que les cheveux humains poussent d'un centimètre par mois même après la mort, et vingt-deux mètres en deux cents ans lui semblaient une bonne moyenne. Pour moi, en revanche, l'événement n'avait rien de banal, parce que dans mon enfance ma grand-mère m'avait conté la légende d'une petite marquise de douze ans dont la chevelure flottait comme une traîne de mariée, morte de la rage après avoir été mordue par un chien et vénérée depuis dans les villages des Caraïbes en raison de ses nombreux miracles. L'idée que cette sépulture pouvait être la sienne fut, pour moi, l'événement de ce jour, et est à l'origine de ce livre.

Gabriel García Márquez.
Cartagène des Indes, 1994.

UN

Un chien couleur de cendre, une lune blanche au front, fit irruption dans les venelles du marché le premier dimanche de décembre, culbuta les éventaires de fritures, renversa les étals des Indiens et les échoppes de la loterie, et dans sa course mordit quatre personnes qui tentaient de lui barrer le chemin. Trois étaient des esclaves noirs, l'autre Sierva María de Todos los Ángeles, fille unique du marquis de Casalduero, venue avec une servante mulâtre acheter une ribambelle de grelots pour la fête d'anniversaire de ses douze ans.

Elles avaient reçu pour instruction de ne pas franchir la Porte des Marchands, mais la servante s'aventura jusqu'au pont-levis du faubourg de Getsemaní, attirée par la cohue du port négrier où l'on vendait à l'encan une cargaison d'esclaves de Guinée. Pendant une semaine, on avait attendu avec inquiétude un bateau de la Compagnie négrière de Cadix, car une inexplicable maladie mortelle s'était déclarée à son bord. Afin de l'occulter, on avait jeté les cadavres à la mer sans les lester. La houle les ramena à la surface et on les retrouva un matin échoués sur la plage, gonflés et défigurés, avec une curieuse coloration violine. Le navire fut ancré hors de la baie par crainte de quelque fulgurante épidémie africaine, puis la preuve fut faite qu'il s'agissait d'un empoisonnement par ingestion de provendes avariées.

A l'heure où le chien traversa le marché, la cargaison de survivants avait été vendue à vil prix en raison de son pitoyable état de santé, et l'on tentait de compenser les pertes par une seule pièce, qui les valait toutes. C'était une captive d'Abyssinie, qui mesurait cinq pieds et cinq pouces, enduite de mélasse au lieu de l'huile commerciale de rigueur, et d'une beauté si troublante qu'elle semblait irréelle. Elle avait le nez effilé, le crâne en forme de calebasse, les yeux en amande, les dents intactes et le port équivoque d'un gladiateur romain. Dans l'enclos, on ne la marqua pas au fer, on ne cria ni son âge ni son état de santé mais on la mit en vente pour sa seule beauté. Pour elle le gouverneur paya, sans marchander et comptant, le prix de son poids en or.

C'était chose courante que les chiens sans maître mordissent des passants quand ils couraient après les chats ou disputaient aux charognards les déchets de viande dans la rue, et plus courante encore en période d'abondance et d'affluence, quand la flotte des Galions, qui faisait route vers la foire de Portobelo, relâchait dans le port. Quatre ou cinq morsures en une seule journée ne troublaient le sommeil de personne, et moins encore une blessure comme celle de Sierva María, à peine décelable à la cheville gauche. La servante, donc, ne s'en inquiéta pas. Elle lui appliqua un baume à base de citron et de soufre, lava la tache de sang sur ses jupes et chacun ne songea plus qu'aux réjouissances de la fête de ses douze ans.

Bernarda Cabrera, la mère de la petite et l'épouse sans titres du marquis de Casalduero, avait pris ce matin-là une purge dramatique : sept grains d'antimoine dans un verre de sucre rosat. C'était une métisse farouche de ce qu'on appelait l'aristocratie de comptoir, séductrice, rapace, bambocheuse, et au ventre à ce point gourmand qu'une caserne pouvait s'y rassasier. Cependant, au bout de quelques années, elle s'était retirée du monde pour avoir abusé de mélasse fermentée et de tablettes de cacao. Ses yeux de gitane éteints, sa perspicacité évanouie, elle déféquait du sang et vomissait de la bile, son ancien corps de sirène n'était plus qu'une bouffissure cireuse pareille à celui d'un mort à son troisième jour, et elle lâchait des ventosités explosives et pestilentielles qui effrayaient les molosses. Les rares fois où elle sortait de sa chambre, elle déambulait en simple appareil ou vêtue d'un balandras d'étamine sans rien dessous, qui la faisait paraître encore plus nue que si elle n'avait rien porté.

Elle avait fait sept grosses commissions, quand la servante qui avait accompagné Sierva María revint sans lui toucher mot de la morsure du chien. En revanche, elle lui raconta le scandale de la vente de l'esclave sur le port.

« Si elle est aussi belle qu'on le dit, elle doit être abyssine », dit Bernarda. Mais qu'on l'eût payée le prix de son poids en or lui semblait impossible, eût-elle été la reine de Saba.

« On aura voulu dire des pesos d'or », dit-elle.

— Non, lui confirma-t-on, autant d'or que ce qu'elle pesait.

— Une esclave de cette taille pèse au moins cent vingt livres, dit Bernarda. Et aucune femme, noire ou blanche, ne vaut cent vingt livres d'or. A moins qu'elle ne cague des diamants. »

Nul ne s'était montré plus rusé qu'elle dans le commerce des esclaves, et elle savait que si le gouverneur avait acheté l'Abyssine, c'était pour la prendre à un service moins sublime que celui de sa cuisine. Ces pensées l'occupaient lorsqu'elle entendit les premières flûtes et les premiers pétards de la fête, aussitôt suivis du charivari des molosses enfermés dans les cages. Elle se dirigea vers le patio planté d'orangers pour voir ce qui se passait.

Don Ygnacio de Alfaro y Dueñas, deuxième marquis de Casalduero et seigneur du Darién, avait lui aussi entendu la musique depuis le hamac accroché entre deux orangers où il faisait la sieste. C'était un homme funèbre, à l'humeur bourrue, et d'une pâleur blafarde à cause des vampires qui lui suçaient le sang pendant son sommeil. Chez lui, il portait une djellaba de bédouin et un bonnet de Tolède qui accusait son air désemparé. En voyant son épouse telle que Dieu l'avait créée, il s'empressa de lui demander :

« Qu'est-ce que c'est que cette musique ?

— Je ne sais pas, répondit-elle. Quel jour sommes-nous ? »

Le marquis l'ignorait. En vérité, il devait se sentir très inquiet pour poser une telle question à son épouse, et elle très soulagée de sa bile pour ne pas lui avoir répondu par un sarcasme. Il était assis dans son hamac, intrigué, quand les pétards éclatèrent de nouveau.

« Dieu du ciel, s'écria-t-il. Un beau jour, en effet ! »

La maison jouxtait l'asile des folles de la Divina Pastora. Exaltées par la musique et les pétards, les recluses étaient sorties sur la terrasse qui donnait sur les orangers et saluaient chaque explosion par des cris de joie. Le marquis leur demanda d'une voix forte où était la fête et elles le tirèrent du doute. On était le 7 décembre, jour de la Saint-Ambroise, évêque, et la musique et la poudre tonnaient dans le patio des esclaves en l'honneur de Sierva María. Le marquis se frappa le front de la paume de sa main.

« Mais bien sûr, dit-il. Quel âge a-t-elle ?

— Douze ans, répondit Bernarda.

— Douze ans, c'est tout ? soupira-t-il après s'être recouché dans le hamac, que la vie est lente ! »

La maison avait été l'orgueil de la ville jusqu'au début du siècle. A présent, elle était en ruine et lugubre, et semblait en plein déménagement à cause des grands appartements vides et des nombreux objets posés n'importe où. Les salons avaient gardé leurs sols de marbre en damier et quelques lustres de Venise, d'où pendaient des lambeaux de toiles d'araignée. Les pièces restées vivantes étaient fraîches en toute saison grâce à l'épaisseur de la maçonnerie, aux nombreuses années où elles étaient demeurées closes et surtout aux brises de décembre qui s'infiltraient par les rainures en miaulant. Tout était saturé d'un oppressant remugle d'inertie et de ténèbres. Les cinq cerbères qui veillaient sur les nuits était tout ce qui restait des fastes seigneuriaux du premier marquis.

De son temps, le bruyant patio des esclaves, où l'on fêtait les anniversaires de Sierva María, avait été comme une ville dans la ville. Il en fut de même sous son héritier, tant que dura le trafic véreux d'esclaves et de farine auquel Bernarda se livrait par des tours de bâton à la sucrerie de Mahates. A présent, toute splendeur appartenait au passé. Bernarda était anéantie par son vice insatiable et le patio réduit à deux cases de bois aux toits de palmes amères, où avaient fini de se consumer les ultimes vestiges de la grandeur.

Dominga de Adviento, une Noire de pure souche qui avait gouverné la maison d'une main de fer jusqu'à la veille de sa mort, était le lien entre ces deux mondes. Grande et osseuse, d'une intelligence presque clairvoyante, c'était elle qui avait élevé Sierva María. Elle s'était faite catholique sans renoncer à sa foi yoruba et pratiquait les deux religions à la fois, sans ordre ni méthode. La paix de son âme était parfaite, disait-elle, car ce qui lui manquait dans l'une elle le trouvait dans l'autre. Elle était aussi le seul être humain qui avait assez d'autorité pour s'interposer entre le marquis et son épouse, et tous deux la traitaient avec respect. Elle seule pouvait chasser les esclaves à coups de balai quand elle les trouvait vautrés dans la sodomie ou en train de forniquer avec plusieurs femmes à la fois dans les pièces

18

vides. Mais depuis sa mort, ils s'échappaient des cases pour fuir la chaleur de la mi-journée, somnolaient par terre dans les coins, raclaient les chaudrons de riz pour en manger le graillon ou jouaient au *macuco* et à la *tarabilla* à l'ombre fraîche des corridors. Dans ce monde oppressant où nul n'était libre, Sierva María l'était. Elle seule et en ce seul lieu. De sorte que c'était là que l'on célébrait la fête, dans sa vraie maison et avec sa vraie famille.

Il eût été difficile d'imaginer un bal plus morose au milieu d'un tel boucan, avec les esclaves de la maison et ceux d'autres demeures distinguées qui apportaient ce qu'ils pouvaient. La petite se montrait telle qu'elle était. Elle dansait avec plus de grâce et de brio que les Africains de souche et chantait dans les différentes langues d'Afrique avec des voix autres que la sienne, ou empruntait celles d'oiseaux et d'animaux qui en demeuraient déconcertés. Comme du vivant de Dominga de Adviento, les esclaves les plus jeunes lui barbouillaient le visage au noir de fumée, attachaient des colliers de *santería* par-dessus le scapulaire de son baptême, et prenaient soin de sa chevelure, que l'on n'avait jamais coupée et qui aurait gêné sa marche sans les volutes de ses tresses que l'on enroulait chaque jour.

Elle commençait à s'épanouir dans un enchevêtrement de forces contraires. Elle tenait très peu de sa mère. De son père, en revanche, elle avait le corps émacié, la timidité irrémédiable, la peau livide, le bleu taciturne des yeux et le cuivre pur de sa chevelure somptueuse. Sa nature, secrète et réservée, la rendait presque invisible.

Effrayée par cette étrange qualité, sa mère attachait une clochette à son poignet afin de ne pas perdre sa trace dans la pénombre de la maison.

Deux jours après la fête et par hasard ou presque, la servante raconta à Bernarda qu'un chien avait mordu Sierva María. Bernarda y réfléchit pendant qu'elle prenait, avant d'aller se coucher, son sixième bain chaud avec des savons parfumés, mais lorsqu'elle entra dans sa chambre elle l'avait oublié. Elle ne s'en souvint que le lendemain soir parce que les molosses aboyèrent sans raison jusqu'à l'aube, et qu'elle craignit qu'ils ne fussent enragés. Elle se dirigea vers les cases du patio un bougeoir à la main, et trouva Sierva María endormie dans le hamac de palme indienne qui avait appartenu à Dominga de Adviento. Comme la servante ne lui avait pas précisé l'endroit de la morsure, elle souleva la chemise et examina la petite pouce par pouce, en suivant à la lueur de la bougie la tresse votive enroulée autour de son corps telle la queue d'un lion. A la fin, elle découvrit la morsure : une égratignure à la cheville gauche, recouverte d'une croûte de sang séché, et quelques écorchures à peine visibles au talon.

Dans l'histoire de la ville, les cas de rage n'étaient ni bénins ni rares. Le plus notoire était celui d'un colporteur qui déambulait sur les trottoirs avec un singe apprivoisé aux manières fort peu différentes de celles des humains. L'animal contracta la rage pendant le siège naval des Anglais, mordit son maître au visage et s'échappa dans les collines avoisinantes. Le malheureux saltimbanque fut battu à mort au milieu d'imprécations épouvantables, que des années plus tard les mères chantaient encore en rengaine pour faire peur aux enfants. Deux semaines ne s'étaient pas écoulées qu'une horde de macaques luciférins déboula des collines en pleine journée. Ils ravagèrent les porcheries et les poulaillers et envahirent la cathédrale, hurlant et s'étouffant dans l'écume de leur sang, alors qu'on chantait le Te Deum pour célébrer la défaite de l'escadre anglaise. L'histoire, cependant, ne retenait pas les drames les plus terribles, car ils avaient lieu parmi la population noire qui escamotait ses enragés afin de les soigner par des envoûtements africains dans les villages de nègres marrons.

Malgré ces nombreux précédents, nul, qu'il fût blanc, noir ou indien, ne songeait à la rage ni à aucune maladie d'incubation lente tant que n'apparaissaient pas les premiers symptômes irréversibles. Bernarda Cabrera n'échappa pas à la règle. Elle pensait que les fabulations des esclaves allaient plus vite et plus loin que celles des chrétiens et qu'une simple morsure de chien pouvait mettre en péril l'honneur de la famille. Ses raisons lui semblaient à ce point fondées qu'elle n'en parla même pas à son mari, et ne s'en souvint que le dimanche suivant, lorsque la servante se rendit seule au marché et vit le cadavre d'un chien pendu à un amandier afin que tout le monde sût qu'il était mort de la rage. Un seul regard lui suffit pour reconnaître la lune blanche et le pelage cendreux de celui qui avait mordu Sierva María. Pourtant, quand elle l'apprit, Bernarda ne se montra pas inquiète. Elle n'avait aucun motif de l'être : la blessure avait cicatrisé et il ne restait plus trace des écorchures.

Décembre, qui avait mal commencé, retrouva bientôt ses crépuscules d'améthyste et ses nuits de folles brises. La Noël fut plus joyeuse que les autres années à cause des bonnes nouvelles en provenance d'Espagne. Mais la ville n'était plus celle de jadis. Le principal marché d'esclaves s'était déplacé à La Havane, et en ces royaumes de Terre Ferme les propriétaires de mines et de plantations préféraient acheter leur main-d'œuvre en contrebande et à moindre prix dans les Antilles anglaises. Si bien qu'il y avait deux villes : l'une gaie et surpeuplée pendant les six mois où les galions mouillaient dans le port, l'autre somnolente le reste de l'année, dans l'attente de leur retour.

On ne sut plus rien de ceux qui avaient été mordus jusqu'au début du mois de janvier, lorsqu'une Indienne vagabonde, connue sous le nom de Sagunta, frappa à la porte du marquis à l'heure sacrée de la sieste. Elle était très âgée et marchait pieds nus en plein soleil, aidée d'un bourdon de caroubier et enveloppée de la tête aux pieds dans un drap blanc. Sa mauvaise réputation de ravaudeuse de vierges et de faiseuse d'anges était compensée par celle, meilleure, de connaître des secrets d'Indiens pour faire un corps neuf aux moribonds.

Le marquis la reçut de mauvaise grâce, debout dans le vestibule, et mit un certain temps à comprendre ce qu'elle voulait, car c'était une femme aux mots remâchés et aux circonlocutions amphigouriques. Elle tournait tant autour du pot et plus encore, que le marquis perdit patience.

« Si vous voulez me dire quelque chose, arrêtez ce galimatias, lança-t-il.

— Une épidémie de rage nous menace, dit Sagunta, et je suis la seule à posséder les pains de saint Hubert, patron des chasseurs et guérisseur des enragés.

— Je ne vois nul signe d'épidémie, répondit le marquis. Que je sache on n'a annoncé ni comètes ni éclipses, et nos fautes ne sont pas si grandes que Dieu doive s'occuper de nous. »

Sagunta l'informa qu'en mars se produirait une éclipse totale de soleil et lui rendit compte de tous ceux qui avaient été mordus le premier dimanche de décembre. Deux d'entre eux avaient disparu, sans doute escamotés par les leurs pour être ensorcelés, et le troisième avait succombé à la rage en moins de deux semaines. Quant au quatrième, qui n'avait pas été mordu mais à peine éclaboussé par la bave du même chien, il agonisait à l'hôpital de l'Amour de Dieu. L'alguazil avait fait empoisonner une centaine de chiens errants depuis le début du mois. D'ici une semaine il n'en resterait plus un seul vivant dans les rues.

« De toute façon, je ne vois pas en quoi cela me concerne, dit le marquis. Et moins encore à une heure aussi indue.

— Votre fille est la première à avoir été mordue », dit Sagunta.

Le marquis répliqua avec une grande conviction :

« S'il en était ainsi, je serais le premier à le savoir. »

Selon lui la petite allait bien, et il lui semblait impossible que quelque chose d'aussi grave lui fût arrivé sans qu'il le sût. Il mit donc fin à la visite et alla terminer sa sieste.

Toutefois, le soir même, il chercha Sierva María dans le patio des serviteurs. Elle aidait à écorcher des lapins, le visage barbouillé de noir, pieds nus et coiffée du turban rouge des esclaves. Il lui demanda s'il était vrai qu'un chien l'avait mordue, et elle répondit non sans la moindre hésitation. Mais Bernarda le lui confirma le même soir. Le marquis, déconcerté, demanda :

« Et pourquoi Sierva nie-t-elle ?

— Parce qu'elle est incapable de dire une seule vérité, même par erreur, répondit Bernarda.

— Alors il faut agir, dit le marquis, parce que le chien était enragé.

— Il ne faut rien faire du tout, dit Bernarda. C'est le chien qui aurait dû mourir pour l'avoir mordue. C'était en décembre et cette propre à rien se porte comme un charme. »

Tous deux prêtèrent une oreille attentive aux rumeurs grandissantes sur la gravité de l'épidémie et durent, contraints et forcés, se remettre à parler de leurs affaires communes, comme du temps qu'ils se haïssaient moins. Pour lui c'était clair. Il avait toujours cru aimer sa fille, mais la peur de la rage l'obligeait à s'avouer qu'il se mentait à lui-même par commodité. Bernarda, en revanche, ne se posait même pas la question, car elle était tout à fait consciente de ne pas l'aimer et de ne pas être aimée d'elle, et les deux choses lui semblaient justes. La haine qu'ils éprouvaient tous deux pour la petite était due en grande partie à ce qu'elle tenait de l'un et de l'autre. Pourtant, Bernarda était prête à jouer la comédie des larmes et à prendre le deuil en mère affligée afin de préserver son honneur, à condition toutefois que la petite mourût d'un mal décent.

« Peu importe lequel, précisa-t-elle, pourvu que ce ne soit pas une maladie de chien. »

Alors, comme en une déflagration céleste, le marquis comprit tout à coup quel était le sens de sa vie.

« La petite ne mourra pas, dit-il d'un ton résolu. Mais si elle doit mourir ce sera de ce que Dieu aura décidé. »

Le mardi, il se rendit à l'hôpital de l'Amour de Dieu, sur la colline de San Lázaro, afin de voir l'enragé dont lui avait parlé Sagunta. Il n'eut pas conscience que les draperies mortuaires de sa voiture allaient être prises pour un symptôme supplémentaire des malheurs que la ville incubait, car depuis de nombreuses années il ne sortait de chez lui que pour les grandes occasions, et depuis plus longtemps encore les grandes occasions n'étaient que funèbres.

La ville était plongée dans son marasme séculaire, mais d'aucuns entrevirent pourtant le visage émacié et les yeux fuyants du gentilhomme imprécis en taffetas de deuil, dont la voiture franchissait le mur d'enceinte et se dirigeait à travers champs vers la colline de San Lázaro. A l'hôpital, les lépreux étendus à même le sol de brique le virent entrer de ses grandes enjambées de mort et lui barrèrent le passage pour lui demander l'aumône. Il trouva l'enragé dans le pavillon des fous furieux, enchaîné à un poteau.

C'était un vieux mûlatre à la barbe et aux cheveux cotonneux. Il avait la moitié du corps paralysé, mais la rage insufflait tant de force à l'autre moitié qu'on avait dû l'attacher afin qu'il ne se fracassât pas contre les murs. A l'entendre, il ne faisait aucun doute qu'il avait été attaqué par le chien couleur de cendre et à la lune blanche qui avait mordu Sierva María. La bave, en effet, l'avait touché, non pas sur la partie saine de sa peau mais sur l'ulcère chronique de son mollet. Cette précision ne parvint pas à apaiser le marquis, et il quitta l'hôpital horrifié par la vision du moribond et sans la moindre lueur d'espoir pour Sierva María.

Alors qu'il rentrait en ville par la corniche de la colline, il croisa un homme de belle apparence assis sur une pierre à côté de son cheval mort. Le marquis fit arrêter sa voiture et quand l'homme se fut levé, il reconnut Abrenuncio de Sa Pereira Cao, le médecin le plus remarquable et le plus contesté de la ville. Attifé comme le roi de pique, il portait un chapeau à large bord pour se protéger du soleil, des bottes à manchette et la cape noire des affranchis lettrés. Il salua le marquis avec un cérémonial peu habituel.

« *Benedictus qui venit in nomine veritatis* », dit-il.

Le cheval n'avait pas supporté de redescendre la crête qu'il avait grimpée au trot, et son cœur avait lâché. Neptune, le cocher du marquis, voulut le desseller. Le médecin le dissuada.

« Que ferais-je d'une selle si je n'ai plus qui seller ? dit-il. Laissez-la pourrir avec lui. »

Sa corpulence pouponne obligea le cocher à lui venir en aide pour l'installer dans la voiture, et le marquis lui fit l'honneur de l'asseoir à sa droite. Abrenuncio pensait au cheval.

« C'est comme si la moitié de mon corps était morte, soupira-t-il.

— Rien n'est plus facile à résoudre que la mort d'un cheval », dit le marquis.

Abrenuncio s'épancha :

« Celui-ci n'était pas comme les autres. Si j'en avais les moyens, je lui donnerais une sépulture chrétienne. » Il guetta du regard la réaction du marquis, puis conclut : « En octobre, il a eu cent ans.

— Aucun cheval ne vit si vieux, dit le marquis.

— Je peux le prouver », répondit le médecin.

Il œuvrait chaque mardi à l'hôpital de l'Amour de Dieu, où il soignait les lépreux atteints d'autres maux. Il avait été le brillant élève du docteur Juan Méndez Nieto, comme lui un juif portugais émigré aux Caraïbes lors des persécutions en Espagne, et bien qu'il eût hérité de son maître la mauvaise réputation de nécromant à la langue trop bien pendue, nul ne doutait de sa science. Ses querelles avec les autres médecins, qui ne lui pardonnaient ni ses invraisemblables prouesses ni ses méthodes insolites, étaient constantes et sanglantes. Il avait inventé une pilule à prendre une fois l'an, qui améliorait la bonté du tempérament et prolongeait la vie, mais causait de tels troubles de l'esprit les trois premiers jours que lui seul s'aventurait à la prendre. En d'autres temps, il avait coutume de jouer de la harpe au chevet de ses malades afin de les apaiser par quelques mélodies composées à cet effet. Il ne pratiquait pas la chirurgie qu'il tenait pour un art inférieur de charlatans et de barbiers, et sa terrifiante spécialité était de prédire aux malades le jour et l'heure de leur mort. Cependant, sa bonne renommée comme sa mauvaise reposaient sur un seul fait : on disait, et nul ne le démentit jamais, qu'il avait ressuscité un mort.

Malgré son expérience, Abrenuncio était ému par l'enragé. « Le corps humain n'est pas fait pour toutes les années que l'on pourrait vivre », dit-il. Le marquis ne perdit pas un seul mot de sa dissertation minutieuse et colorée, et ne reprit la parole que lorsque le médecin n'eut plus rien à dire.

« Que peut-on faire pour ce pauvre homme ? demanda-t-il.

— Le tuer », répondit Abrenuncio.

Le marquis le regarda, épouvanté.

« C'est du moins ce que nous ferions si nous étions de bons chrétiens, poursuivit le médecin, impassible. Et croyez-moi, monsieur : les bons chrétiens sont plus nombreux qu'on ne le pense. »

Il voulait parler des chrétiens pauvres des faubourgs et des campagnes, sans distinction de couleur, qui avaient le courage de verser du poison dans la nourriture des enragés pour leur éviter les affres de la dernière extrémité. A la fin du siècle dernier, une famille entière avait mangé de la soupe infectée parce que personne n'avait eu le courage de laisser un enfant de cinq ans mourir tout seul empoisonné.

« On croit que les médecins ne savent pas que . ces choses existent, conclut Abrenuncio. C'est faux, mais nous manquons d'autorité morale pour les approuver. En revanche, nous agissons avec les moribonds comme vous venez de le voir. Nous les recommandons à saint Hubert et nous les attachons à un poteau afin que leur agonie soit plus épouvantable et plus longue.

— N'y a-t-il pas d'autre remède ? demanda le marquis.

— Après les premiers accès de rage, il n'y en a aucun », dit le médecin. Il parla de réjouissants traités qui la considéraient comme une maladie curable par des médecines à base de compositions diverses : hépatique terrestre, cinabre, musc, mercure argentin, *anagallis flore purpureo*. « Sornettes, dit-il. La vérité, c'est que certains l'attrapent et d'autres non, et qu'il est facile de dire que ceux qui ne l'ont pas attrapée le doivent aux médecines. » Il chercha les yeux du marquis pour s'assurer que celui-ci restait éveillé et conclut :

« Pourquoi cet intérêt ?

— Par pitié », mentit le marquis.

Il contempla par la fenêtre la mer assoupie dans le marasme de l'après-midi et s'aperçut, le cœur triste, que les hirondelles étaient de retour. La brise ne s'était pas encore levée. Un groupe d'enfants essayait de chasser à coups de pierres un albatros égaré sur une plage marécageuse, et le marquis suivit son vol fugitif jusqu'à le voir se perdre entre les dômes radieux de la ville fortifiée.

La voiture franchit le mur d'enceinte par la porte de la Demi-Lune ouverte sur les terres, et Abrenuncio guida le cocher à travers le faubourg tapageur des artisans. Ce ne fut pas facile. Agé de soixante-dix ans, Neptune était en outre indécis et myope et habitué à ce que le cheval allât de lui-même par les rues qu'il connaissait mieux que lui. Lorsqu'ils trouvèrent enfin la maison, Abrenuncio prit congé sur le pas de la porte en citant Horace.

« Excusez-moi, dit le marquis, je ne sais pas le latin.

— Vous n'en avez nul besoin ! » dit Abrenuncio. En latin, bien sûr.

Le marquis en resta si impressionné que son premier geste en arrivant chez lui fut le plus étrange de sa vie. Il ordonna à Neptune d'aller ramasser le cheval mort sur la colline de San Lázaro, de lui donner une sépulture chrétienne et de faire conduire chez Abrenuncio, dès le lendemain à la première heure, le meilleur cheval de son écurie.

Après le soulagement éphémère des purges d'antimoine, Bernarda s'administrait des clystères adoucissants jusqu'à trois fois par jour pour éteindre l'incendie de ses entrailles, ou bien prenait jusqu'à six bains chauds avec des savons odorants pour apaiser ses nerfs. Il ne restait plus rien de la jeune mariée d'autrefois qui se lançait dans des aventures commerciales et les menait avec une assurance de magicienne tant ses réussites étaient grandes, jusqu'à cet après-midi d'infortune où elle avait fait la connaissance de Judas Iscariote et était devenue la proie du malheur.

Elle l'avait rencontré par hasard sur une place de foire, alors qu'il affrontait au corps à corps, presque nu et sans protection aucune, un taureau de combat. Il était si beau et si téméraire qu'elle ne put l'oublier. Quelques jours plus tard elle le revit aux fêtes du carnaval, où elle était venue masquée et costumée en mendiante, flanquée de ses esclaves habillées en marquises et parées de colliers, de bracelets et de pendants d'oreilles en or et en pierres précieuses. Des curieux faisaient cercle autour de Judas qui dansait avec qui le payait, et l'on avait dû rétablir l'ordre pour calmer les ardeurs de ses prétendantes. Bernarda lui demanda combien il coûtait. Judas répondit, sans interrompre sa danse :

« Un demi-réal. »

Bernarda ôta son masque.

« Je te demande ton prix pour toute la vie », lui dit-elle.

Judas vit qu'à visage découvert elle était loin d'être la mendiante qu'elle paraissait. Il lâcha sa partenaire et s'approcha d'elle en chaloupant comme un matelot, afin qu'elle appréciât son prix.

« Cinq cents pesos d'or », dit-il.

Elle le toisa d'un œil de fin connaisseur. Il était énorme, avait une peau de phoque, un torse ondulé, des hanches étroites, des jambes fuselées

et des mains lisses qui démentaient son métier.
Bernarda calcula :

« Tu mesures six pieds.

— Et trois pouces », dit-il.

Bernarda lui fit baisser la tête à hauteur de la
sienne afin d'examiner sa dentition, et l'effluve
ammoniacal de ses aisselles l'enivra. Les dents
étaient toutes là, saines et bien rangées.

« Ton maître doit être fou s'il croit que tu vaux
aussi cher qu'un cheval, dit Bernarda.

— Je suis libre et c'est moi qui me vends »,
répliqua-t-il. Et il paracheva sur un certain ton :
« Madame.

— Marquise », dit-elle.

Il lui adressa une révérence de courtisan qui lui
coupa le souffle, et elle l'acheta pour la moitié de
ses prétentions. « Pour le seul plaisir des yeux »,
dit-elle. En échange, elle respecta sa condition
d'affranchi et son temps libre pour qu'il se diver-
tît avec son taureau de cirque. Elle l'installa dans
une chambre proche de la sienne, qui avait été
autrefois celle du palefrenier, et l'attendit dès le
premier soir, nue, la clenche de la porte levée,
sûre qu'il viendrait sans avoir été invité. Mais elle
dut attendre deux semaines, pendant lesquelles
les ardeurs de son corps l'empêchèrent de dormir
en paix.

En réalité, dès qu'il sut qui elle était et qu'il vit
l'intérieur de la maison, il reprit ses distances
d'esclave. Mais quand Bernarda cessa de l'attendre, dormit en chemise et abaissa la clenche, il
entra par la fenêtre. L'air de la pièce raréfié par
l'odeur d'ammoniaque de sa peau la réveilla. Elle
sentit le souffle de minotaure qui la cherchait à

tâtons dans l'obscurité, la braise de son corps sur le sien, les mains animales qui agrippaient le col de sa chemise et la déchiraient du haut en bas, tandis qu'il ronronnait à son oreille « Putain, putain ». A partir de cette nuit-là, Bernarda sut qu'elle désirait ne rien faire d'autre dans la vie.

Elle devint folle d'amour. La nuit, ils s'encanaillaient dans les faubourgs, lui vêtu de la redingote et du chapeau rond des gentilshommes que Bernarda avait achetés pour lui plaire, elle déguisée en n'importe quoi au début, et par la suite à visage découvert. Elle le constella d'or, de chaînes, de bagues et de bracelets, et fit incruster des diamants sur ses dents. Elle crut mourir quand elle apprit qu'il couchait avec toutes celles qu'il croisait en chemin, puis finit par se contenter des restes. C'est vers cette époque que Dominga de Adviento entra dans la chambre à l'heure de la sieste, croyant que Bernarda était à la sucrerie, et les surprit nus comme vers en train de faire l'amour à même le sol. L'esclave, la main sur le loquet, fut plus émerveillée que médusée.

« Ne reste pas là comme une morte, s'écria Bernarda. Ou tu sors, ou tu viens te frotter avec nous. »

Dominga de Adviento sortit, et la porte claqua comme une gifle aux oreilles de Bernarda. Celle-ci la convoqua le soir même et la menaça des plus atroces châtiments au moindre commentaire sur ce qu'elle avait vu. « Ne vous inquiétez pas, maîtresse, dit l'esclave. Vous pouvez m'interdire ce que vous voulez, j'obéirai. » Puis elle conclut : « Hélas, vous ne pouvez pas m'interdire ce que je pense. »

Si le marquis l'apprit, il cacha bien son jeu. Tout compte fait, ils n'avaient en commun que Sierva María, et il ne la considérait pas comme sa fille mais comme celle de son épouse. Bernarda, pour sa part, ne se posait même pas la question. Elle l'avait à ce point oubliée, qu'en rentrant d'un de ses longs séjours à la sucrerie elle la prit pour une autre tant elle avait grandi et changé. Elle l'appela, l'examina, l'interrogea sur sa vie, mais elle ne put en tirer un seul mot.

« Tu es ton père tout craché, lui dit-elle. Un avorton. »

Tel était leur état d'esprit à tous deux le jour où le marquis revint de l'hôpital de l'Amour de Dieu et annonça à Bernarda sa décision de tenir les rênes de la maison d'une poigne guerrière. Il y avait dans sa précipitation quelque chose de frénétique qui laissa Bernarda sans voix.

Son premier geste fut de rendre à la petite la chambre de sa grand-mère la marquise, d'où Bernarda l'avait chassée pour qu'elle dormît avec les esclaves. La splendeur d'antan était demeurée intacte sous la poussière : le lit impérial que les domestiques croyaient en or tant le cuivre étincelait, la moustiquaire en dentelle de mariée, la somptueuse parure de passementerie, le lave-mains en albâtre et les nombreux flacons de parfums et de fards alignés dans un ordre martial sur la table de toilette, le vase de nuit, le crachoir et le haricot de porcelaine, le monde illusoire que la vieille femme pétrifiée par les rhumatismes avait rêvé pour la fille qu'elle n'eut pas et pour la petite-fille qu'elle ne vit jamais.

Tandis que les esclaves ressuscitaient la chambre à coucher, le marquis fit en sorte d'imposer sa loi dans la maison. Il chassa les esclaves qui somnolaient à l'ombre des galeries, et menaça du fouet et du cachot ceux qui reviendraient faire leurs besoins dans les encoignures ou joueraient à des jeux de hasard et d'argent dans les chambres condamnées. Ces dispositions n'étaient pas nouvelles. Elles avaient été appliquées avec une rigueur bien plus grande sous le gouvernement de Bernarda et le ministère de Dominga de Adviento, au point que le marquis se délectait en public de sa phrase historique : « Chez moi on fait ce à quoi j'obéis ». Mais quand Bernarda s'enlisa dans le bourbier du cacao et que Dominga de Adviento mourut, les esclaves revinrent s'infiltrer en catimini, les femmes d'abord avec la marmaille pour aider à de menus travaux, puis les hommes oisifs en quête de la fraîcheur des galeries. Terrorisée par le fantasme de la ruine, Bernarda les envoyait gagner leur nourriture en mendiant dans la rue. Au cours d'une de ses crises, elle avait décidé de les affranchir, sauf trois ou quatre qui étaient à son service, mais le marquis s'y était opposé avec la raison de la déraison.

« S'ils doivent mourir de faim, mieux vaut qu'ils meurent ici plutôt que dans ces dépotoirs. »

Il ne se borna pas à d'aussi faciles formules lorsque le chien mordit Sierva María. Il investit de pouvoirs l'esclave qui lui parut le plus doté d'autorité et le plus digne de confiance, et lui donna des instructions dont la dureté scandalisa Bernarda elle-même. A la nuit tombée, alors que la maison était pour la première fois en ordre depuis la mort de Dominga de Adviento, il trouva Sierva María dans la case des esclaves, parmi une demi-douzaine de jeunes Noires qui dormaient dans des hamacs entrecroisés à différentes hauteurs. Il les réveilla toutes pour leur dicter les règles du nouveau gouvernement.

« A partir de dorénavant la petite vivra dans la maison, leur dit-il. Et que l'on sache ici et dans tout le royaume qu'elle n'a qu'une famille et qu'elle est blanche. »

La petite résista lorsqu'il voulut la prendre dans ses bras pour la conduire dans la chambre à coucher, et il dut lui faire entendre que sur le monde régnait un ordre d'hommes. Dans la chambre de la grand-mère, tandis qu'il troquait son grossier caraco d'esclave contre une chemise de nuit, il ne put lui arracher un seul mot. De la porte, Bernarda vit le marquis assis sur le lit, luttant contre les boutons de la chemise qui refusaient de passer par les boutonnières neuves, et la petite debout devant lui, qui le regardait impavide. Bernarda ne put se retenir : « Pourquoi ne vous mariez-vous pas ? » railla-t-elle. Et comme le marquis ne répondait pas, elle ajouta :

« Vous feriez des petites marquises créoles avec des pattes de poule qu'on vendrait dans les cirques. Ce ne serait pas un mauvais négoce. »

En elle aussi quelque chose avait changé. En dépit de la férocité de son rire, son visage semblait moins amer, et il y avait au fond de sa perfidie comme un sédiment de compassion que le marquis ne discerna pas. Dès qu'il la sentit loin, il dit à la petite :

« C'est une ribaude. »

Il crut percevoir dans ses yeux une étincelle d'intérêt. « Tu sais ce que c'est qu'une ribaude ? » lui demanda-t-il, avide d'une réponse. Sierva María ne la lui concéda pas. Elle se laissa coucher dans le lit, se laissa nicher la tête dans les oreillers de plume, se laissa couvrir jusqu'aux genoux du drap de fil fleurant le bois de cèdre du coffre, sans lui accorder la charité d'un regard. Il sentit sa conscience vaciller.

« Pries-tu avant de dormir ? »

La petite ne le regarda même pas. Elle se pelotonna en position fœtale par habitude du hamac, et s'endormit sans dire bonsoir. Le marquis ferma la moustiquaire avec le plus grand soin afin que les vampires ne lui sucent pas le sang pendant son sommeil. Il allait être dix heures et le chœur des folles était insupportable dans la maison délivrée des esclaves.

Le marquis lâcha les molosses qui s'élancèrent telle la foudre vers la chambre de la grand-mère, flairant sous les portes, clabaudant, l'haleine courte. Le marquis leur gratta la tête du bout des doigts et les apaisa par cette bonne nouvelle :

« C'est Sierva, qui depuis ce soir vit avec nous. »

Il dormit peu et mal à cause des folles qui chantèrent jusqu'à deux heures. Au premier chant du coq, il se leva et se précipita dans la chambre de la petite. Elle n'était pas là mais dans la case des esclaves. La première qu'il trouva endormie se réveilla en sursaut.

« Elle est venue toute seule, maître », dit-elle avant même qu'il l'eût interrogée. « Je ne me suis aperçue de rien. »

Le marquis savait qu'elle disait vrai. Il demanda qui accompagnait Sierva María le jour où le chien l'avait mordue. La seule mulâtresse, qui s'appelait Caridad del Cobre, se désigna en tremblant de peur. Le marquis la tranquillisa.

« Prends soin d'elle comme si tu étais Dominga de Adviento », lui dit-il.

Il lui expliqua ses devoirs, et la prévint de ne jamais la perdre de vue et de la traiter avec autant d'affection que de compréhension, mais sans complaisance. Le plus important était qu'elle ne franchît jamais la haie d'aubépines qu'il ferait dresser entre le patio des esclaves et le reste de la maison. Le matin au réveil et le soir avant de se coucher, elle devrait lui rendre compte de tout sans qu'il ait à lui poser de questions.

« Fais bien attention à ce que tu fais et comment tu le fais, dit-il pour conclure. Tu seras tenue pour seule responsable de l'accomplissement de mes ordres. »

A sept heures du matin, après avoir enfermé les chiens, le marquis se rendit chez Abrenuncio. Le médecin en personne lui ouvrit, car il n'avait ni esclaves ni serviteurs. Le marquis se fit à lui-même le reproche qu'il pensait mériter.

« Ce n'est pas une heure pour venir en visite », dit-il.

Le médecin l'accueillit à bras ouverts, plein de gratitude parce qu'il venait de recevoir le cheval.

Ils traversèrent la cour jusqu'à l'auvent d'une ancienne forge où seuls demeuraient les décombres de l'enclume. Loin de son gîte, le superbe alezan de deux ans semblait agité de frissons. Abrenuncio lui tapota les joues tandis qu'il lui murmurait à l'oreille quelque vaine promesse en latin.

Le marquis lui raconta que l'on avait enterré le cheval mort dans l'ancien potager de l'hôpital de l'Amour de Dieu, transformé en cimetière de riches lors de l'épidémie de choléra. Abrenuncio le remercia de cette faveur excessive. Tandis qu'ils parlaient, il s'aperçut que le marquis se tenait à distance. Celui-ci lui avoua qu'il n'avait jamais osé monter.

« Je crains les chevaux autant que les poules, dit-il.

— C'est dommage car la non-communication avec les chevaux a retardé l'évolution de l'humanité, dit Abrenuncio. Si nous arrivions à la briser, nous pourrions fabriquer le centaure. »

L'intérieur de la maison, éclairé par deux fenêtres donnant sur la mer infinie, était aménagé avec le maniérisme vétilleux d'un célibataire endurci. Toute l'atmosphère était envahie par une fragrance balsamique qui donnait envie de croire à l'efficacité de la médecine. Il y avait un secrétaire en ordre et une vitrine pleine de pots de porcelaine ornés d'inscriptions en latin et, reléguée dans un coin, la harpe médicinale recouverte d'une poussière dorée. Mais le plus remarquable était les livres, pour la plupart en latin, aux dos historiés. Il y en avait dans les vitrines et sur des étagères, d'autres empilés par terre avec un soin extrême, et le médecin marchait au fond de ces ravins de papier avec l'aisance d'un rhinocéros dans une roseraie. Leur nombre suffoqua le marquis.

« Tout ce que l'on sait doit se trouver dans cette pièce, dit-il.

— Les livres ne servent à rien, dit Abrenuncio d'un ton enjoué. J'ai passé ma vie à guérir des malades détraqués par les remèdes des autres médecins. »

Il prit le chat qui dormait dans la grande bergère, où il avait coutume de s'asseoir, et la désigna au marquis. Il lui servit une décoction de plantes qu'il prépara lui-même sur l'athanor tandis qu'il lui racontait ses expériences de médecin, jusqu'au moment où il se rendit compte qu'elles n'intéressaient plus le marquis. C'était la vérité : celui-ci s'était soudain levé et lui tournait le dos pour contempler par la fenêtre la mer démontée. A la fin, toujours de dos, il trouva le courage de ses mots :

« Docteur », murmura-t-il.

Abrenuncio ne s'attendait pas à cet appel.

« Oui ?

— Sous le sceau du secret médical et pour votre seule gouverne, je dois vous avouer que ce que l'on dit est vrai, déclara le marquis sur un ton solennel. Le chien enragé a mordu aussi ma fille. »

Il se retourna vers le médecin et trouva devant lui une âme sereine.

« Je sais, dit Abrenuncio. Et j'imagine que c'est la raison pour laquelle vous êtes venu à une heure si matinale.

— En effet », dit le marquis. Et il répéta la question qu'il lui avait posée à propos de l'enragé de l'hôpital. « Que peut-on faire ? »

Au lieu de lui répondre avec la brutalité de la veille, Abrenuncio demanda à voir Sierva María. C'était le souhait du marquis. Ainsi accordés, ils montèrent dans la voiture qui les attendait devant la porte.

Lorsqu'ils arrivèrent à la maison, le marquis trouva Bernarda assise à sa table de toilette en train de se coiffer pour elle seule avec la coquetterie des années lointaines où ils avaient fait l'amour pour la dernière fois, et qu'il avait à jamais effacée de sa mémoire. La chambre était saturée de la fragrance printanière de ses savons. Elle vit son époux dans le miroir et lui dit sans aigreur :

« Qui sommes-nous pour nous permettre d'offrir des chevaux ? »

Le marquis se déroba. Il prit sur le lit défait la tunique de chaque jour, la lança à Bernarda et lui ordonna sans miséricorde :

« Habillez-vous, le médecin est là.

— Que Dieu me garde, dit-elle.

— Il n'est pas venu pour vous, bien que vous en ayez grand besoin, mais pour la petite.

— Cela ne lui servira de rien, dit-elle. Ou elle meurt ou elle ne meurt pas, un point c'est tout. » Mais la curiosité fut la plus forte. « Qui est-ce ? demanda-t-elle.

— Abrenuncio », dit le marquis.

Bernarda se hérissa. Elle aurait préféré mourir dans l'état où elle était, seule et nue, plutôt que de remettre son honneur entre les mains d'un juif aux abois. Il avait été le médecin de ses parents, et ceux-ci l'avaient congédié parce qu'il divulguait l'état de santé de ses patients afin de mettre ses diagnostics en valeur. Le marquis lui fit face.

« Bien que vous ne le vouliez pas et bien que je le veuille encore moins, vous êtes sa mère. Et c'est en vertu de ce droit sacré que je vous demande de faire foi de cet examen.

— Faites ce qu'il vous plaira, dit Bernarda. Moi, je suis morte. »

Au contraire de ce que l'on pouvait attendre, la petite se soumit sans rechigner à l'exploration minutieuse de son corps, avec la même curiosité que si elle eût observé un jouet mécanique.

« Les médecins voient avec leurs mains », dit Abrenuncio.

Amusée, la petite lui sourit pour la première fois.

L'évidence de sa bonne santé frappait les yeux car malgré son air abattu, elle avait un corps harmonieux, recouvert d'un duvet doré, presque invisible, et l'on voyait poindre les bourgeons d'une heureuse floraison. Ses dents étaient parfaites, ses yeux pétillants, ses pieds paisibles, ses mains sages et chaque boucle de ses cheveux était le prélude à une longue vie. Elle répondit de bon cœur et avec une grande maîtrise d'elle-même à l'interrogatoire insidieux, et il fallait très bien la connaître pour découvrir qu'aucune de ses réponses n'était vraie. Elle ne se raidit que lorsque le médecin effleura la cicatrice infime à la cheville. L'astuce d'Abrenuncio la prit de court :

« Tu es tombée ? »

La petite affirma sans sourciller :

« De l'escarpolette. »

Le médecin se mit à soliloquer en latin. Le marquis le coupa :

« Parlez chrétien, je vous prie.

— Ce n'est pas à vous que je m'adresse, dit Abrenuncio. Je pense en bas latin. »

Sierva María fut ravie des ruses d'Abrenuncio jusqu'au moment où il colla son oreille sur sa poitrine afin de l'ausculter. Son cœur battait à tout rompre et sa peau exsudait une rosée livide et glacée qui avait une très légère odeur d'oignons. L'examen terminé, le médecin lui donna une petite tape affectueuse sur la joue.

« Tu es très courageuse », dit-il.

Quand il fut seul avec le marquis, il lui dit que la petite savait que le chien était enragé. Le marquis ne l'entendit pas.

« Elle vous a dit bien des menteries, dit-il, sauf celle-là.

— Ce n'est pas elle qui me l'a avoué, monsieur, répondit le médecin. C'est son cœur : on aurait dit une petite grenouille en cage. »

Le marquis s'étendit sur les mensonges extravagants de sa fille. Il ne montrait pas de contrariété mais plutôt un certain orgueil paternel.

« Elle sera peut-être poète », dit-il.

Abrenuncio nia que le mensonge fût une condition de l'art.

« Plus le style est limpide plus on voit la poésie », affirma-t-il.

La seule chose qu'il ne put interpréter fut l'odeur d'oignons de sa sueur. Comme à sa connaissance il n'y avait aucune relation entre une quelconque odeur et la rage, il l'écarta en tant que symptôme. Caridad del Cobre révéla plus tard au marquis que Sierva María s'adonnait en secret aux sciences des esclaves qui lui faisaient mâcher du suc de guttier et l'enfermaient nue dans la resserre aux oignons pour conjurer le maléfice du chien.

Abrenuncio n'édulcora aucun des détails de la rage, pas même le plus infime.

« Les premiers accès sont d'autant plus graves et rapides que la morsure est profonde et proche du cerveau », dit-il. Il cita le cas d'un de ses patients, mort au bout de cinq ans, encore qu'il avait peut-être été contaminé plus tard sans que personne en sût rien. La cicatrisation rapide ne voulait rien dire : au bout d'un temps imprévisible la cicatrice pouvait enfler, se rouvrir et suppurer. L'agonie était parfois si atroce que la mort lui était préférable. La seule chose licite que l'on pouvait alors faire était de se rendre à l'hôpital de l'Amour de Dieu, où des Sénégalais savaient maîtriser les accès de fureur des hérétiques et des énergumènes. S'il ne se soumettait pas à cette décision, le marquis lui-même se verrait condamné à enchaîner la petite à son lit jusqu'à ce que mort s'ensuive.

« Dans la longue histoire de l'humanité, conclut-il, aucun hydrophobe n'a survécu pour en faire le récit. »

Le marquis était résolu à porter toute croix, aussi lourde fût-elle. De sorte que la petite mourrait chez elle. Le médecin le récompensa d'un regard qui tenait plus de la pitié que du respect.

« Je ne pouvais attendre moins de grandeur de votre part, monsieur, lui dit-il. Et je ne doute

point que vous aurez la force d'âme de le supporter. »

Il souligna une fois encore que le pronostic
n'était pas alarmant. La blessure était loin de la
partie la plus vulnérable, et personne n'avait sou-
venance qu'elle eût saigné. Le plus probable était
que Sierva María n'avait pas contracté la rage.

« Et en attendant ? demanda le marquis.

— En attendant, dit Abrenuncio, jouez-lui de
la musique, remplissez la maison de fleurs, faites
chanter les oiseaux, emmenez-la voir le soleil se
coucher sur la mer, offrez-lui tout ce qui peut la
rendre heureuse. »

Il prit congé en faisant pirouetter son chapeau
et par son habituelle phrase en latin. Mais cette
fois il la traduisit en l'honneur du marquis : « Il
n'est de médecine qui guérisse ce que ne guérit
pas le bonheur. »

DEUX

Nul ne sut jamais comment le marquis en était arrivé à un tel état de délabrement, ni pourquoi il avait maintenu une union si mal accordée, alors que tout le destinait à un veuvage paisible. Il aurait pu faire ce qu'il voulait grâce au pouvoir démesuré du premier marquis son père, chevalier de l'Ordre de Santiago, négrier barbare et sanguinaire, mestre de camp sans cœur, à qui le roi son maître n'avait ménagé ni honneurs ni prébendes, sans jamais châtier ses injustices.

Ygnacio, unique héritier, ne se montrait bon à rien. Il grandit en donnant des signes évidents de retard mental, fut analphabète jusqu'à l'âge de monter en graine, et n'aimait personne. Le premier symptôme de vie que l'on décela en lui, à vingt ans, fut son coup de foudre et sa disposition à prendre pour épouse une des recluses de la Divina Pastora dont les chants et les hurlements avaient bercé son enfance. Elle s'appelait Dulce Olivia. Fille unique d'une famille de bourreliers selliers de la maison royale, elle avait dû apprendre l'art de fabriquer des selles afin que ne s'éteignît pas avec elle une tradition vieille de près de deux siècles. On attribua à cette curieuse ingérence dans un métier d'homme le fait qu'elle eût perdu la raison, par surcroît d'une si fâcheuse manière qu'il fallut lui enseigner à ne pas manger ses propres immondices. Ce défaut mis à part, elle eût fait un parti plus qu'honorable pour un marquis créole si peu éclairé.

Dulce Olivia avait l'esprit vif et un bon caractère, et il n'était guère facile de deviner qu'elle était folle. La première fois qu'il la vit, le jeune Ygnacio la distingua dans le tumulte sur la terrasse, et ce même jour ils s'entendirent par signes. Experte en cocottologie, elle lui envoyait des messages sur des petits morceaux de papier pliés avec art, et il apprit à lire et à écrire afin de pouvoir correspondre avec elle. Ce fut le début d'une passion légitime que personne ne voulut reconnaître. Scandalisé, le premier marquis somma son fils de la démentir en public.

« C'est la vérité, répliqua Ygnacio, et qui plus est elle m'a autorisé à demander sa main. » Et pour parer à l'argument de la folie il avança le sien :

« Aucun fou n'est fou tant que l'on se plie à ses raisons. »

Son père l'exila sur ses domaines en lui octroyant des pouvoirs seigneuriaux qu'il ne daigna pas même utiliser. Ce fut comme passer de vie à trépas. Ygnacio avait une peur panique des animaux, sauf des poules. Un jour, pourtant, à l'hacienda, il observa de près une poule vivante, l'imagina de la taille d'une vache et s'aperçut que c'était un monstre bien plus abominable que tous les endriagues de la terre et des eaux. Dans le noir, son corps se couvrait de sueurs glacées et au réveil le silence surnaturel des pâturages l'étouffait. Le cerbère qui veillait sans broncher devant sa chambre l'inquiétait plus encore que tout autre danger. « Je vis dans l'épouvante d'être vivant », avait-il déclaré un jour. Ce fut pendant son bannissement qu'il acquit ce port lugubre, cette apparence secrète, cet air contemplatif, ces manières languides, ce parler traînant et la vocation mystique qui semblait le condamner à une cellule de clôture.

Au bout d'un an d'exil, un grondement de rivière en crue l'éveilla. C'était les animaux de l'hacienda qui abandonnaient les pâtis dans un mutisme absolu et sous une lune en son plein. Ils renversaient sans bruit tout ce qui les empêchait de traverser en droite ligne pacages et plantations, ravins et marais. Le gros bétail et les chevaux de selle et de bât allaient en tête, suivis des cochons, des moutons, des animaux de basse-cour, en une caravane sinistre qui disparut dans la nuit. Même les oiseaux de haut vol et les colombes se joignirent à la marche. Seul le cerbère demeura à son poste de garde devant la chambre à coucher du maître. Ce fut le début de l'amitié presque humaine que le marquis noua avec lui et avec tous les autres dogues qui lui succédèrent.

Gagné par la terreur sur l'héritage déserté, Ygnacio le jeune renonça à ses amours et se soumit aux desseins de son père. Celui-ci, non content du sacrifice de l'amour, imposa à son fils, par une clause testamentaire, d'épouser l'héritière d'un Grand d'Espagne. C'est ainsi qu'on célébra en une pompe féerique ses noces avec doña Olalla de Mendoza, une femme d'une rare beauté et de nombreuses et nobles vertus, dont il préserva la virginité afin de ne pas lui faire la grâce d'un enfant. Pour le reste, il continua de vivre comme toujours depuis sa naissance : en célibataire inutile.

Doña Olalla de Mendoza lui enseigna l'usage du monde. Ils se rendaient à la grand-messe moins pour prier que pour s'exhiber, elle vêtue de basquines de brocarts, de manteaux flamboyants et de la coiffe de guipure amidonnée des femmes blanches originaires de Castille, avec une suite d'esclaves couvertes d'or et de soieries. Alors que toutes les femmes, même les plus affétées, allaient à l'église en pantoufles, elle chaussait de hautes bottines de cordouan chamarrées de perles. Le marquis, au contraire des nobles qui portaient d'anachroniques perruques et arboraient des boutons d'émeraude, sortait en taille dans de simples vêtements de coton et coiffé d'un béret. Pourtant, il assista toujours contraint et forcé aux manifestations publiques, car jamais il ne put dominer sa terreur de la vie en société.

A Ségovie, doña Olalla avait été l'élève de Scarlatti Domenico, et elle avait obtenu avec mention la licence qui lui permettait d'enseigner la musique et le chant dans les écoles et les couvents. Elle apporta un clavecin en pièces détachées qu'elle assembla elle-même, et plusieurs instruments à cordes dont elle jouait et qu'elle enseignait avec beaucoup de talent. Elle forma un ensemble de novices qui sanctifiait les soirées de sa maison par de nouvelles pièces italiennes, françaises et espagnoles, dont on alla jusqu'à dire qu'elles étaient pénétrées de la lyrique de l'Esprit Saint.

Le marquis semblait fermé à la musique. On murmurait, sur le mode français, qu'il avait les mains d'un artiste et l'oreille d'un artilleur. Mais du jour où l'on déballa les instruments, il fut conquis par un théorbe italien, la rareté de son double chevillier, l'étendue de son registre, le nombre de ses cordes et la netteté de son timbre. Doña Olalla s'appliqua à ce qu'il en jouât aussi bien qu'elle. Ils passaient leurs matinées à seriner des gammes sous les arbres du verger, elle avec patience et amour, lui avec un entêtement de tailleur de pierre, jusqu'à ce que le madrigal, pris de remords, leur cédât sans douleur.

La musique améliora à ce point l'harmonie conjugale que doña Olalla osa enfin franchir le pas qui manquait. Par une nuit de tempête, feignant une frayeur qu'elle n'éprouvait peut-être pas, elle entra dans l'alcôve de son époux encore vierge.

« La moitié de ce lit m'appartient, dit-elle, et je viens la prendre. »

Il resta sur ses positions. Certaine de pouvoir le convaincre de gré ou de force, elle campa sur les siennes. La vie ne leur permit pas d'aller plus loin. Un 9 novembre, alors qu'ils jouaient en duo à l'ombre des orangers et dans la douceur d'un air pur et sans nuages, un éclair les aveugla, une détonation sismique les souleva de terre, et doña Olalla retomba, foudroyée par le feu du ciel.

Bouleversée, la ville interpréta la tragédie comme une déflagration de colère divine pour une faute inavouable. Le marquis commanda des funérailles de reine où, pour la première fois, il apparut dans ses taffetas noirs et avec cette pâleur blafarde qui ne le quitta plus. Au retour du cimetière, il fut surpris par une pluie de petites cocottes en papier, qui tombaient au-dessus des orangers comme autant de flocons de neige. Il en saisit une au hasard, l'ouvrit et lut : « La foudre, c'était moi. »

Avant que ne s'achèvent les neuf jours de grand deuil, il avait fait don à l'Eglise des biens matériels qui avaient nourri la splendeur du majorat : une hacienda d'élevage à Mompox, une autre à Ayapél, et deux mille hectares à Mahates, à deux lieues d'ici, avec des troupeaux de chevaux de selle et de parade, des terres cultivables et la meilleure sucrerie de toute la côte caribéenne. Pourtant, la légende qui courait à propos de sa fortune reposait sur un immense latifundium en friche, dont les confins imaginaires, par-delà les marais de La Guaripa, les landes de La Pureza et les mangroves d'Urabá, se perdaient dans la mémoire. Il ne conserva que la demeure seigneuriale, le quartier des serviteurs réduit au minimum, la sucrerie de Mahates, et confia le gouvernement de sa maison à Dominga de Adviento. Le vieux Neptune fut confirmé dans sa dignité de cocher où l'avait installé le premier marquis et chargé de veiller sur le peu qui restait des écuries.

Seul pour la première fois dans la ténébreuse demeure de ses ancêtres, c'est à peine si la nuit il pouvait fermer l'œil tant le rongeait la peur congénitale des aristocrates créoles d'être assassinés par leurs esclaves durant leur sommeil. Il se réveillait en sursaut, sans savoir si les yeux fébriles qui brillaient derrière les judas appartenaient à ce monde ou à l'autre, allait jusqu'à la porte sur la pointe des pieds, l'ouvrait d'un geste brusque et surprenait un Noir en train de l'épier par le trou de la serrure. Il sentait les esclaves se faufiler à pas de loup dans les corridors, nus et barbouillés de graisse de coco pour qu'on ne pût les attraper. Pris de vertige par tant de peurs accumulées, le marquis donna l'ordre de laisser la maison éclairée jusqu'à l'aube, chassa les esclaves qui peu à peu s'emparaient des pièces vides, et fit venir les premiers molosses dressés à l'art de la guerre.

Le portail fut condamné. Le marquis remisa les meubles français dont les velours puaient l'humidité, vendit les tapisseries, la porcelaine, les pièces rares d'horlogerie, et se contenta de hamacs de bardane pour garder quelque vie aux chambres démantelées. Il cessa de suivre la messe et les retraites, refusa de porter plus longtemps le dais du Saint Sacrement lors des processions, ne respecta plus ni fêtes ni carêmes, mais continua toutefois de payer avec ponctualité ses tributs à l'église. Il se réfugia dans son hamac, quelquefois dans la chambre quand brûlaient les mois d'août, le plus souvent sous les orangers à l'heure de la sieste. Les folles lui jetaient les reliefs des cuisines et lui criaient de tendres obscénités, mais quand le gouvernement lui offrit de déménager l'asile, il s'y opposa par gratitude envers elles.

Désarmée par les rebuffades de son prétendant, Dulce Olivia trouva la consolation dans la nostalgie de ce qui n'avait pu être. Dès qu'elle le pouvait, elle s'échappait de la Divina Pastora par les portillons du verger. Elle amadoua et conquit les cerbères par des ruses câlines, et sacrifia ses heures de sommeil aux soins de la maison qui n'était pas la sienne, la balayant avec des feuilles de basilic pour conjurer le sort, accrochant des tresses d'ail dans les chambres pour chasser les vampires. Dominga de Adviento, dont la vigilance ne laissait rien au hasard, mourut sans avoir découvert pourquoi au matin les corridors s'éveillaient plus propres que la veille, ou pourquoi les objets rangés le soir à leur place se trouvaient le lendemain à une autre. Un beau jour, avant que ne s'achève sa première année de veuvage, le marquis surprit Dulce Olivia qui astiquait les ustensiles de cuisine, à son goût mal entretenus par les esclaves.

« Tu en fais trop, lui dit-il.

— C'est parce que tu es le pauvre diable que tu as toujours été », répliqua-t-elle.

C'est ainsi qu'ils renouèrent une amitié interdite qui, une fois au moins, avait été proche de l'amour. Ils parlaient jusqu'au petit matin, sans illusions mais sans amertume, tel un vieux couple condamné à la routine. Ils croyaient être heureux et peut-être l'étaient-ils jusqu'au moment où l'un d'eux disait un mot de trop ou retenait un pas : la nuit, alors, tournait à la querelle de vandales et leurs disputes démoralisaient les chiens. Puis tout redevenait comme avant, et Dulce Olivia disparaissait de la maison pour longtemps.

A elle seule le marquis avoua que son mépris des biens de ce monde et les changements dans sa façon d'être n'avaient rien à voir avec la piété mais plutôt avec la terreur éprouvée lorsqu'il avait tout à coup perdu la foi en voyant le corps de son épouse carbonisé par la foudre. Dulce Olivia s'offrit à le consoler. Elle lui promit d'être une esclave soumise à la cuisine comme au lit. Il fut inflexible.

« Jamais je ne me remarierai », lui jura-t- il.

Pourtant, un an ne s'était pas écoulé qu'il épousait en secret Bernarda Cabrera, la fille d'un ancien contremaître de son père qui avait fait fortune dans le commerce des salaisons. Ils s'étaient connus à l'époque où celui-ci l'envoyait porter chez le marquis les harengs en saumure et les olives noires dont raffolait doña Olalla. Après la mort de celle-ci, Bernarda continua de les apporter au marquis. Un après-midi, elle le trouva dans le hamac au fond du verger, et il lui laissa lire le destin inscrit à fleur de peau au creux de sa main gauche. Le marquis fut si impressionné par ses oracles qu'il la faisait venir à l'heure de la sieste, même lorsqu'il n'avait rien à lui acheter. Deux mois passèrent sans qu'il prît la moindre initiative. Ce fut donc elle qui le fit à sa place. Elle lui donna l'assaut dans le hamac, le chevaucha, le bâillonna avec les pans de sa djellaba et le laissa pantelant. Puis elle le ressuscita avec une ardeur et un savoir-faire qu'il n'aurait jamais pu imaginer dans les moments mélancoliques du plaisir solitaire, et le dépouilla sans gloire de son pucelage. Il avait cinquante-deux ans et elle vingt-trois, mais de toutes leurs différences, celle de l'âge était la moins pernicieuse.

Ils faisaient l'amour pendant la sieste, en hâte et sans passion, à l'ombre évangélique des orangers. Du haut des terrasses, les folles les encourageaient par des chansons grivoises et célébraient leurs triomphes par des applaudissements d'arène. Avant que le marquis n'ait eu le temps de songer aux risques qui les guettaient, Bernarda le fit redescendre sur terre en lui annonçant qu'elle était enceinte de deux mois. Elle lui rappela qu'elle n'était pas noire mais née d'un Indien ladino et d'une Blanche castillane, de sorte que la seule aiguille possible pour recoudre la déchirure de la honte était un mariage en bonne et due forme. Il fit tant et si bien traîner les choses que son père sonna au portail à l'heure de la sieste, une arquebuse archaïque en bandoulière. Il avait le verbe lent et le geste suave, et remit l'arme au marquis les yeux baissés.

« Savez-vous ce que c'est, monsieur le marquis ? » lui demanda-t-il.

Le marquis tenait l'arme entre ses mains et ne savait que faire.

« A ma connaissance, il me semble que c'est une arquebuse », dit-il. Puis il demanda, intrigué pour de bon : « A quoi vous sert-elle ?

— A me défendre des pirates, monsieur, lui répondit l'Indien, le regard toujours à terre. Je l'ai apportée afin que Votre Seigneurie me fasse la grâce de me tuer avant que je ne la tue moi-même. »

Alors, il leva vers le marquis des petits yeux tristes et muets, et celui-ci comprit ce qu'ils ne disaient pas. Le marquis lui rendit l'arquebuse et l'invita à entrer pour conclure l'accord. Le curé d'une église voisine célébra la noce deux jours plus tard, en présence de ses parents à elle et de leurs témoins à tous deux. La cérémonie terminée, Sagunta surgit d'on sait où et posa sur la tête des mariés la couronne fleurie du bonheur.

Sierva María de Todos los Ángeles naquit par un matin de pluies tardives, sous le signe du Sagittaire, avant terme et non sans mal. Elle ressemblait à un têtard décoloré, et le cordon ombilical enroulé autour de son cou menaçait de l'étrangler.

« C'est une fille, dit l'accoucheuse. Mais elle ne vivra pas. »

Alors, Dominga de Adviento fit à ses dieux le serment que s'ils lui accordaient la grâce de rester en vie, la petite ne couperait ses cheveux qu'au soir de ses noces. A peine eut-elle formulé sa promesse qu'on entendit une saccade de pleurs. Radieuse, Dominga de Adviento s'écria : « Ce sera une Sainte ! » Le marquis, à qui on la présenta une fois lavée et habillée, fut moins clairvoyant.

« Ce sera une pute, dit-il. Si Dieu lui prête vie et santé. »

Sierva María, fille d'un noble et d'une roturière, eut une enfance d'orpheline. Sa mère la détesta dès l'instant où elle lui donna pour la première et unique fois le sein, et refusa de la tenir dans ses bras de crainte de la tuer. Ce fut Dominga de Adviento qui la nourrit, la baptisa dans la foi chrétienne et la consacra à Olokun, une déité yoruba au sexe indéfini dont le visage passe pour être à ce point terrifiant qu'il ne se laisse voir qu'en rêve et toujours masqué. Transplantée dans le patio des esclaves, Sierva María sut danser avant de savoir parler, apprit en même temps trois langues africaines, apprit à boire du sang de poulet à jeun et à se glisser parmi les chrétiens sans être vue ni perçue, telle une créature immatérielle. Dominga de Adviento l'entoura d'une cour joyeuse d'esclaves noires, de servantes métisses et de gouvernantes indiennes qui lui donnaient des bains d'eaux bienfaisantes, la purifiaient avec de la verveine de Yemayá et prenaient soin comme d'une rose de sa flamboyante chevelure qui, à cinq ans, lui descendait à la taille. Petit à petit, les esclaves lui attachèrent autour du cou les colliers de différents dieux jusqu'à ce qu'elle en portât seize.

Pendant que le marquis s'étiolait dans le verger, Bernarda s'emparait d'une main ferme du gouvernement de la maison. Elle commença par rétablir la fortune dilapidée par son mari en s'abritant derrière les pouvoirs du premier marquis. Jadis, celui-ci avait obtenu plusieurs licences pour vendre cinq mille esclaves en huit ans, sous réserve d'importer dans le même temps deux barils de farine pour chaque esclave vendu. Grâce à ses tours de passe-passe et à la vénalité des douaniers, il vendit la quantité convenue de farine plus trois mille esclaves en contrebande, ce qui fit de lui le négrier le plus riche que son siècle eût connu.

L'idée vint à Bernarda que l'affaire la plus rentable n'était peut-être pas les esclaves mais la farine, bien qu'en réalité le plus rentable de tout fût son incroyable pouvoir de persuasion. Avec une seule licence de quatre ans pour importer mille esclaves et trois barils de farine pour chacun d'eux, elle fit son orge : les mille Nègres vendus, elle importa non pas trois mais douze mille barils de farine. Ce fut la plus grande contre-bande du siècle.

Bernarda passait la moitié de son temps à la sucrerie de Mahates, dont elle avait fait le centre de ses opérations en raison de la proximité du Rio Grande du Magdalena, passage obligé de tout commerce avec l'intérieur de la vice-royauté. Des nouvelles de sa prospérité, dont elle ne rendait compte à personne, parvenaient par bribes aux oreilles du marquis. Lorsqu'elle séjournait ici, même avant ses crises, elle était pareille à un molosse en cage. Dominga de Adviento trouva le mot juste : « Elle a le cul plus grand que le corps. »

Sierva María obtint pour la première fois une place définie dans la maison à la mort de son esclave. On aménagea pour elle la magnifique chambre à coucher où avait vécu la première marquise, et l'on engagea un précepteur qui lui enseigna l'espagnol de la péninsule et des rudiments d'arithmétique et de sciences naturelles. Il voulut aussi lui apprendre à lire et à écrire mais elle s'y refusa parce que, disait-elle, elle ne comprenait pas les lettres. Une institutrice laïque s'efforça de lui donner le sens de la musique. La petite fit preuve d'intérêt et de bon goût mais n'eut pas la patience d'apprendre à jouer d'un seul instrument. Mortifiée, la maîtresse abdiqua et, à l'instant de prendre congé, dit au marquis :

« Ce n'est pas que la petite soit fermée à tout, c'est qu'elle n'est pas de ce monde. »

Bernarda s'était efforcée d'apaiser ses rancœurs, mais l'évidence s'imposa très vite que ni l'une ni l'autre n'était coupable et que la faute en incombait à leur nature. Elle vivait l'âme suspendue à un fil depuis le jour où elle avait cru découvrir chez sa fille une certaine aura fantomatique. Elle tremblait à la seule idée de se retourner et de rencontrer soudain les yeux insondables de la créature languide, drapée dans ses tulles vaporeux, sa crinière sauvage lui tombant aux genoux. « Petite, s'écriait-elle, je t'interdis de me regarder ainsi. » Au moment où elle était le plus absorbée dans ses comptes, elle sentait sur sa nuque le souffle sibilant de serpent à l'affût et sursautait d'épouvante.

« Petite, criait-elle, fais du bruit avant d'entrer ! »

Le gazouillis en langue yoruba qu'elle recevait en réponse ne faisait qu'accroître sa peur. Les nuits étaient plus terrifiantes encore, car Bernarda s'éveillait en sursaut avec l'impression qu'on l'avait touchée et apercevait au pied du lit la petite qui la regardait dormir. La clochette qu'elle avait attachée à son poignet n'était d'aucune utilité car la légèreté de Sierva María l'empêchait de tinter. « Cette créature n'a rien d'une Blanche, sauf la couleur de la peau », disait sa mère. C'était si vrai que Sierva María répondait tantôt à son nom tantôt à un nom africain qu'elle s'était inventé : María Mandinga.

La crise éclata un matin quand Bernarda s'éveilla morte de soif pour avoir mangé trop de cacao, et aperçut l'une des poupées de Sierva María qui flottait au fond de la jarre à eau. Le jouet flottant dans l'eau se transforma en une vision d'épouvante : une poupée morte.

Convaincue que Sierva María avait jeté sur elle

un maléfice africain, elle décida qu'elles ne pouvaient demeurer plus longtemps sous le même toit. Le marquis tenta une médiation timide, mais elle le coupa net : « C'est elle ou moi. » De sorte que Sierva María retourna vivre dans la grande case des esclaves, quand bien même sa mère était à la sucrerie. Elle était analphabète et aussi hermétique qu'au jour de sa naissance.

Mais Bernarda n'allait pas mieux. Elle avait tenté de retenir Judas Iscariote en le copiant à l'identique, et deux ans plus tard elle avait perdu son sens des affaires et celui de la vie. Elle le déguisait en pirate nubien, en as de cœur, en roi Melchior et l'entraînait dans les faubourgs surtout quand les galions jetaient l'ancre et que la ville se déchaînait en une bamboula qui durait six mois. Hors des murs surgissaient tavernes et bordels pour les commerçants venus de Lima, Portobelo, La Havane, Veracruz se disputer les articles et les marchandises de toutes les terres découvertes. Un soir qu'il s'était enivré à mort dans un bouge de galériens, Judas s'approcha en grand mystère de Bernarda.

« Ferme les yeux et ouvre la bouche », lui dit-il.

Elle obéit, et il posa sur sa langue une tablette de chocolat magique d'Oaxaca. Bernarda en reconnut le goût et cracha, car depuis sa plus tendre enfance elle avait pour le cacao une véritable aversion. Judas la persuada que c'était une substance sacrée qui illuminait la vie, décuplait la force, réjouissait l'esprit et fortifiait le sexe.

Bernarda partit d'une explosion de rire.

« Si c'était vrai, les petites sœurs de Santa Clara seraient des taureaux de combat », dit-elle.

Elle était sous l'emprise de la mélasse fermentée dont elle se gavait déjà avec ses camarades d'école bien avant son mariage, et dont sa bouche et ses cinq sens continuaient de se repaître dans l'air brûlant de la sucrerie. Judas lui enseigna à mâcher des feuilles de tabac et de coca mélangées à de la cendre de jaquier, ainsi que le font les Indiens de la Sierra Nevada. Dans les tavernes, elle goûta le cannabis des Indes, la térébenthine de Chypre, la mescaline de Real del Catorce, et une fois au moins l'opium de la Nef de Chine rapporté par les trafiquants des Philippines. Cependant, elle ne fut pas sourde à la plaidoirie de Judas en faveur du cacao. Elle apprécia ses vertus et, revenue de tout, le préféra à tout. Judas devint voleur, proxénète et à ses heures sodomite, par pur goût du vice car il ne manquait de rien. Une nuit de malheur, sous les yeux de Bernarda, il en vint aux mains pour une querelle de jeu avec trois galériens de la flotte qui le tuèrent à coups de chaises.

Bernarda se réfugia à la sucrerie. La maison partit à vau-l'eau et le naufrage ne fut évité que grâce à l'autorité de Dominga de Adviento qui acheva l'éducation de Sierva María selon la volonté de ses dieux. C'est à peine si le marquis eut connaissance de la déchéance de son épouse. De la sucrerie parvenaient des rumeurs selon lesquelles elle vivait en proie au délire, parlait toute seule et choisissait les esclaves les mieux montés, qu'elle partageait avec ses anciennes compagnes d'école en des nuits romaines. La fortune venue de l'eau faisait eau de toutes parts, et Bernarda était à la merci des outres de mélasse et des sacs de cacao qu'elle cachait çà et là afin de ne pas perdre de temps lorsque l'envie la pressait. Il ne lui restait en tout et pour tout que deux jarres pleines de doublons d'or pur de quatre et de cent *doblas*, qu'elle avait enfouies sous son lit du temps des vaches grasses. Sa décrépitude était telle que personne, pas même son époux, ne la reconnut la dernière fois qu'elle revint de Mahates, après trois ans d'absence ininterrompue et peu avant que le chien ne mordît Sierva María.

A la mi-mars, les risques de la rage semblaient conjurés. Le marquis, heureux de sa chance, se proposa d'amender le passé et de conquérir le cœur de sa fille grâce à la recette du bonheur suggérée par Abrenuncio. Il fut tout à elle. Il s'efforça d'apprendre à coiffer et à tresser ses cheveux, s'efforça de lui enseigner à être une Blanche, de ranimer pour elle ses rêves envolés de noble créole, et de lui ôter le goût de l'iguane en escabèche et de la soupe de tatou. Il s'efforça de tout faire, ou presque, sauf de se demander si c'était la bonne manière de la rendre heureuse.

Abrenuncio venait souvent en visite. Il ne lui était guère aisé de s'entendre avec le marquis dont l'inconscience, dans ce faubourg du monde inquiété par le Saint-Office, ne cessait pourtant de l'intéresser. Ainsi passaient-ils les mois de canicule, lui à parler sans être écouté sous les orangers en fleurs, et le marquis à se consumer dans son hamac à mille trois cents lieues marines d'un roi qui n'avait jamais entendu prononcer son nom. Un jour, ils furent interrompus par les gémissements lugubres de Bernarda.

Abrenuncio s'alarma. Le marquis fit celui qui n'avait rien entendu, mais la plainte suivante sembla si déchirante qu'il ne put rester sourd plus longtemps.

« Cette personne, quelle qu'elle soit, a besoin que l'on prie pour son âme, dit Abrenuncio.

— C'est mon épouse en secondes noces, dit le marquis.

— Eh bien, elle a le foie en compote.

— Comment le savez-vous ?

— Parce qu'elle geint la bouche ouverte », déclara le médecin.

Il poussa la porte sans frapper et tenta d'apercevoir Bernarda dans la pénombre de la chambre, mais le lit était vide. Il l'appela et n'obtint pas de réponse. Alors, il ouvrit la fenêtre et la lumière métallique de l'après-midi révéla une écorchée vive étendue à même le sol, nue, bras et jambes en croix, vaincue par la fulguration létale de ses flatulences. Sa peau avait la coloration mortelle d'une vomissure de bile noire. Elle leva la tête, aveuglée par l'embrasement de la fenêtre ouverte d'un geste brusque, et dans le contre-jour ne reconnut pas le médecin. Celui-ci, en revanche, comprit au premier coup d'œil quel était son destin.

« Ma fille, tu as un pied dans la tombe », lui dit-il.

Il lui expliqua qu'il était encore temps de la sauver, à condition qu'elle se soumît à une cure immédiate de purification du sang. Bernarda le reconnut, se leva tant bien que mal et l'agonit d'injures. Impassible, Abrenuncio les supporta tandis qu'il refermait la fenêtre. Une fois sorti de la chambre, il s'arrêta devant le hamac du marquis et affina son pronostic :

« Madame la marquise mourra au plus tard le 15 septembre si auparavant elle ne s'est pas pendue à une poutre. »

Imperturbable, le marquis répliqua :

« Dommage que le 15 septembre soit si loin. »

Il continuait d'administrer à Sierva María le traitement du bonheur. De la colline de San Lázaro, ils contemplaient au levant les marais fatals et au ponant l'énorme soleil rouge qui s'enfonçait dans l'océan en flammes. Elle lui demanda ce qu'il y avait de l'autre côté de la mer et il lui répondit : « Le monde. » Chacun de ses gestes trouvait en elle une résonance inespérée. Un soir, ils virent apparaître à l'horizon la flotte des Galions, toutes voiles dehors.

La ville se métamorphosa. Père et fille s'étourdirent au spectacle des marionnettes, des mangeurs de feu, des innombrables curiosités de foire débarquées sur le port en cet avril plein de bons présages. En deux mois, Sierva María apprit plus de choses de Blancs qu'au cours de toute sa vie. Dans son désir de la transformer le marquis lui aussi devint autre, et de manière si radicale que l'on crut à un changement de sa nature et non à une mutation de son caractère.

La maison s'emplit de ce que toutes les foires d'Europe comptaient de danseuses mécaniques, de boîtes à musique, de pendules à répétition. Le marquis dépoussiéra le théorbe italien, le remit en état, l'accorda avec une persévérance que seul l'amour pouvait expliquer, et accompagna comme autrefois les vieilles chansons de sa belle voix et de sa mauvaise oreille que ni les ans ni le trouble des souvenirs n'avaient changées. Un jour, elle lui demanda s'il était vrai, comme le disaient les chansons, que l'amour pouvait tout.

« C'est vrai, lui répondit-il, mais tu ferais mieux de ne pas le croire. »

Heureux de cette bonne fortune, le marquis songea à un voyage à Séville afin que Sierva María se remît de ses douleurs muettes et achevât son apprentissage du monde. Les dates et la route étaient déjà arrêtées, lorsque Caridad del Cobre le réveilla au beau milieu de la sieste par cette phrase brutale :

« Monsieur, ma pauvre petite, elle devient chien. »

Appelé d'urgence, Abrenuncio s'éleva contre la superstition populaire voulant que les enragés finissent pareils à l'animal qui les a mordus. Il constata que la petite avait un peu de fièvre, et bien que celle-ci fût tenue pour une maladie en soi et non pour le symptôme d'autres maux, il s'en inquiéta. Il déclara au maître affligé que Sierva María n'était pas à l'abri d'un mal quelconque car une morsure de chien, enragé ou non, n'est préservative de rien. Comme toujours, le seul remède était l'attente. Le marquis lui demanda :

« C'est tout ce que vous pouvez me dire ?

— La science ne m'a pas donné les moyens de vous dire autre chose, répliqua le médecin avec la même aigreur. Mais si vous ne croyez pas en moi, vous pouvez toujours vous en remettre à Dieu. »

Le marquis ne comprit pas.

« J'aurais juré que vous étiez incrédule », dit-il.

Le médecin ne se retourna même pas :

« Que ne donnerais-je pas pour l'être, monsieur. »

Le marquis ne s'en remit pas à Dieu mais à qui voulut bien lui donner quelque espoir. Il y avait en ville trois autres docteurs en médecine, six apothicaires, onze chirurgiens-barbiers qui faisaient office de saigneurs, et un nombre incalculable de guérisseurs et vendeurs d'orviétan versés dans la sorcellerie, bien que l'Inquisition eût condamné mille trois cents d'entre eux à différentes peines au cours des cinquante dernières années et en eût fait périr sept sur le bûcher. Un jeune médecin de Salamanque rouvrit la blessure fermée de Sierva María et y appliqua des cataplasmes caustiques pour extraire les humeurs peccantes. Un autre voulut faire de même et lui couvrit le dos de sangsues médicinales. Un barbier, qui pratiquait la saignée, lava la plaie avec l'urine de la petite et un autre la lui fit boire. Au bout de deux semaines, elle avait supporté chaque jour deux bains d'herbes et deux clystères émollients et on l'avait menée au bord de l'agonie en lui faisant prendre des juleps d'antimoine naturel et autres philtres mortels.

La fièvre céda, mais personne n'osa déclarer que le mal de rage était conjuré. Sierva María se sentait mourir. Au début, elle avait résisté de toute sa fierté, mais après deux semaines sans amélioration aucune, l'ulcère de sa cheville était en feu, les sinapismes et les vésicatoires lui avaient arraché la peau et son estomac était à vif.

Elle avait souffert de tout : vertiges, convulsions, spasmes, délires, relâchements du ventre et de la vessie, et elle se roulait par terre en hurlant de douleur et de furie. Les guérisseurs les plus audacieux l'abandonnèrent à son sort, convaincus qu'elle était folle ou possédée du démon. Le marquis avait perdu tout espoir lorsque Sagunta apparut avec les pains de saint Hubert.

Ce fut le début de la fin. Sagunta se débarrassa de ses draps et se barbouilla d'onguents indiens afin de frotter son corps à celui dénudé de la petite. Celle-ci se défendit bec et ongles en dépit de son extrême faiblesse, et Sagunta la maîtrisa par la force. De sa chambre, Bernarda entendit les hurlements de démence. Elle se précipita pour voir ce qui se passait, et trouva Sierva María qui se débattait à terre et Sagunta sur elle, entortillée dans la houle cuivrée de la chevelure et hurlant la prière de saint Hubert. Elle les fouetta avec les cordes du hamac, à terre d'abord, où elles se recroquevillèrent de surprise, puis en les poursuivant dans toute la maison jusqu'à en perdre le souffle.

L'évêque du diocèse, don Toribio de Cáceres y Virtudes, affolé par le scandale des troubles et des égarements de Sierva María, fit mander le marquis sans préciser les raisons, la date ni l'heure, ce qui fut interprété comme le signe d'une urgence extrême. Le marquis surmonta l'incertitude et se présenta le jour même sans se faire annoncer.

Quand l'évêque avait assumé son ministère, le

marquis s'était déjà retiré de la vie publique, et c'est à peine s'ils s'étaient rencontrés. C'était un homme condamné par son état de santé, qu'un corps de mastodonte frappait d'invalidité, et rongé par un asthme malin qui mettait à l'épreuve ses croyances. Il n'assistait pas à la plupart des cérémonies publiques où son absence était impensable, et les rares fois qu'il s'y rendait, il gardait une distance qui, peu à peu, avait fait de lui un être irréel.

Le marquis l'avait aperçu quelquefois, toujours de loin et en public, et le souvenir qu'il gardait de lui le ramenait à une messe concélébrée à laquelle l'évêque avait assisté sous un dais et dans une chaise portée par les dignitaires du gouvernement. Sa corpulence et l'éclat de ses ornements offraient au premier regard l'image d'un vieillard colossal, mais son visage imberbe aux traits réguliers et ses yeux d'un vert étrange lui donnaient une beauté inaltérée et sans âge. A mi-corps le ceignait un nimbe magique de souverain pontife, que ses proches décelaient aussi dans sa conscience du pouvoir et dans l'étendue de sa sapience.

L'évêque habitait le plus ancien palais de la ville, un édifice de deux étages aux immenses appartements en ruine dont il n'occupait pas même la moitié d'un. Le palais était situé près de la cathédrale, à laquelle le reliait un cloître aux arcades noircies, et s'ouvrait sur un patio avec un puits délabré entouré de buissons désertiques. L'imposante façade sculptée dans la pierre et les portails en bois d'une seule pièce montraient, eux aussi, les stigmates de l'abandon.

Le marquis fut reçu à la porte principale par un diacre indien. Il distribua quelques menues aumônes aux groupes de mendiants qui se traînaient sur le seuil, et s'engagea dans la pénombre fraîche de la maison au moment où les énormes cloches de la cathédrale sonnaient quatre heures, qui résonnèrent comme autant de coups dans ses entrailles. Le corridor central était si obscur qu'il suivit le diacre à l'aveuglette, mesurant chaque pas afin de ne pas heurter des statues placées çà et là ou trébucher sur des décombres. Au fond du couloir, il y avait une petite antichambre qu'une lucarne éclairait un peu mieux. Le diacre s'arrêta, désigna un siège au marquis et disparut par une porte voisine. Le marquis demeura debout, examina sur le mur principal le grand portrait à l'huile d'un jeune militaire en habit uniforme des porte-étendards du roi. En déchiffrant la plaque de bronze sur le cadre, il découvrit qu'il s'agissait du portrait de l'évêque dans son jeune âge.

Le diacre ouvrit la porte pour l'inviter à entrer, et le marquis n'eut pas besoin d'avancer pour reconnaître le personnage du portrait, plus vieux de quarante ans. Bien qu'oppressé par l'asthme et terrassé par la chaleur, il était encore plus grand et plus imposant que ne le disait la rumeur. Il suait à grosses gouttes et se balançait avec une extrême lenteur dans une berceuse des Philippines, en agitant à peine un éventail de palmes, le haut du corps penché en avant afin de mieux respirer. Il portait des sabots de paysan et une camisole de gros drap qui, par endroits, brillait d'avoir été trop savonnée. La sincérité de son indigence sautait aux yeux. Ce qui frappait le plus, cependant, était la pureté de son regard, que seul pouvait expliquer quelque privilège de l'âme. Il cessa de se balancer dès qu'il aperçut le marquis dans l'encadrement de la porte et lui adressa un signe affectueux de son éventail.

« Entre, Ygnacio, lui dit-il. Tu es ici chez toi. »

Le marquis essuya la sueur de ses mains sur son haut-de-chausses, franchit le seuil et se retrouva sur une terrasse protégée par un auvent de campanules jaunes et de fougères retombantes, où s'offraient à la vue les tours de toutes les églises, les toits rouges des grandes demeures, les colombiers assoupis dans la chaleur, les fortifications se profilant contre le ciel de verre et la mer embrasée. L'évêque tendit à dessein sa main de soldat, et le marquis baisa l'anneau épiscopal.

Sa respiration d'asthmatique était sibilante et rocailleuse, et ses phrases perturbées par des soupirs intempestifs et une petite toux sèche, mais rien n'affectait son éloquence. Il entama d'emblée une conversation aimable à propos de menus détails quotidiens. Assis en face de lui, le marquis lui sut gré de ce préambule apaisant, si long et si varié qu'ils sursautèrent en entendant sonner cinq heures. Plus qu'une volée de cloches ce fut une trépidation qui fit vibrer la lumière, et le ciel s'emplit de colombes affolées.

« C'est horrible, dit l'évêque. A chaque heure qui sonne j'ai l'impression qu'un tremblement de terre me prend les entrailles. »

La phrase surprit le marquis, car la même pensée l'avait traversé lorsque quatre heures avaient sonné. L'évêque trouva la coïncidence naturelle. « Les idées n'appartiennent à personne », dit-il.

Puis, de l'index, il dessina dans l'air une série de cercles continus et conclut :

« Elles virent et voltent, comme les anges. »

Une nonne à son service apporta une carafe remplie de fruits coupés dans du gros vin rouge et une cuvette d'eau fumante qui imprégna l'air d'une senteur médicinale. L'évêque inhala la vapeur les yeux fermés, et lorsqu'il s'éveilla de l'extase il était un autre, maître absolu de son autorité.

« Nous t'avons fait venir, dit-il au marquis, parce que nous savons que tu as besoin de Dieu et que tu fais le fin. »

La voix ne ressemblait plus à la soufflerie d'un orgue et les yeux avaient repris leur éclat terrestre. Le marquis avala d'un trait la moitié du verre de vin pour se mettre au diapason.

« Votre Très Illustre Seigneurie doit savoir que je suis accablé par le plus grand malheur qui puisse frapper un être humain, dit-il avec une désarmante humilité. J'ai cessé de croire.

— Nous le savons, mon fils, répliqua l'évêque sans se montrer surpris. Comment ne le saurions-nous pas ! »

Il prononça ces mots avec une certaine allégresse car lui aussi, du temps où il était porte-étendard du roi au Maroc, avait perdu la foi à vingt ans dans le fracas d'une bataille. « J'eus la certitude fulgurante que Dieu avait cessé d'exister », dit-il. Atterré, il avait décidé de consacrer sa vie à la prière et à la pénitence.

« Et puis un jour, Dieu a eu pitié de moi et m'a montré le chemin de la vocation, conclut-il. L'essentiel n'est donc pas que tu ne croies plus, mais que Dieu continue de croire en toi. Et de cela il ne fait aucun doute, puisque c'est Lui qui, dans son infinie miséricorde, nous a éclairé afin que nous te venions en aide.

— Je voulais surmonter mon malheur en silence, dit le marquis.

— Eh bien, tu t'y es fort mal pris, dit l'évêque. C'est un secret de Polichinelle que ta malheureuse fille se roule par terre en proie à d'obscènes convulsions et aboie en jargon d'idolâtres. N'est-ce pas la preuve irréfutable qu'elle est possédée du démon ? »

Le marquis était épouvanté.

« Que voulez-vous dire ?

— Que parmi les nombreux stratagèmes du démon, il en est un très fréquent qui consiste à prendre l'apparence d'une maladie immonde pour s'introduire dans le corps d'un innocent, dit-il. Et une fois qu'il y est entré, nul pouvoir humain n'est capable de l'en faire sortir. »

Le marquis énuméra les séquelles médicales de la morsure du chien, mais l'évêque trouvait toujours une explication allant dans son sens. Il lui demanda ce que, sans doute, il ne savait que trop :

« Sais-tu qui est Abrenuncio ?

— C'est le premier médecin qui a examiné la petite, répondit le marquis.

— Je voulais te l'entendre dire », répliqua l'évêque.

Il agita une sonnette qu'il gardait à portée de sa main, et un prêtre d'une bonne trentaine d'années apparut aussitôt, tel un génie libéré d'une lampe. L'évêque le présenta comme le père

Cayetano Delaura, sans plus, et le pria de s'asseoir. Il portait une soutane d'intérieur qui le protégeait de la chaleur, et des sabots semblables à ceux de l'évêque. Tendu, pâle, il avait des yeux vifs, le cheveu très noir et le front barré d'une mèche blanche. Le souffle court et les mains fébriles ne paraissaient pas ceux d'un homme heureux.

« Que savons-nous d'Abrenuncio ? » lui demanda l'évêque.

Le père Delaura n'eut pas besoin de réfléchir.

« Abrenuncio de Sa Pereira Cao », dit-il, comme s'il épelait le nom et, s'adressant au marquis : « Avez-vous remarqué, monsieur le marquis, que Cao signifie chien dans la langue des Portugais ? »

Pour être tout à fait exact, poursuivit Delaura, nul ne savait si c'était là son vrai nom. A en croire les dossiers du Saint-Office, c'était un juif portugais expulsé de la péninsule et protégé par un gouverneur d'ici, qui lui était reconnaissant de l'avoir guéri d'une hernie des bourses qui pesait deux livres, en lui faisant prendre les eaux dépuratives de Turbaco. Il parla de ses ordonnances magiques, de l'assurance avec laquelle il prédisait la mort, de sa pédérastie probable, de ses lectures libertines, de sa vie hors de Dieu. Cependant, la seule charge concrète retenue contre lui était d'avoir ressuscité un petit tailleur ravaudeur de Getsemaní. D'après plusieurs témoignages dignes de foi, celui-ci était déjà enseveli dans son cercueil, quand Abrenuncio lui avait ordonné de se lever. Par chance, le ressuscité lui-même avait affirmé, plus tard, devant le tribunal du Saint-

Office, qu'il n'avait à aucun moment perdu conscience. « C'est ce qui l'a sauvé du bûcher », dit Delaura. Enfin, il évoqua l'incident du cheval mort sur la colline de San Lázaro et enterré dans un cimetière chrétien.

« Il l'aimait comme un être humain, plaida le marquis.

— C'était une offense à notre foi, monsieur le marquis, dit Delaura. Un cheval de cent ans ne saurait être une créature de Dieu. »

Le marquis s'inquiéta qu'une plaisanterie privée fût consignée dans les archives du Saint-Office. Il tenta une défense timide : « Abrenuncio a peut-être la langue trop bien pendue, mais il me semble, en toute humilité, que nous sommes bien loin de l'hérésie. » La conversation menaçait d'être interminable et eût tourné à l'aigre sans l'intervention de l'évêque, qui renoua le fil interrompu.

« Quoi qu'en disent les médecins, dit-il, chez les humains la rage n'est qu'une des nombreuses astuces de l'Ennemi. »

Le marquis ne comprenait pas. L'évêque se lança alors dans une explication si dramatique que l'on eût dit le prélude à une condamnation au feu éternel.

« Par bonheur, conclut-il, même si le corps de ta fille est irrécupérable, Dieu nous a donné les moyens de sauver son âme. »

La touffeur oppressante du crépuscule s'abattit sur le monde. Le marquis aperçut la première étoile dans le ciel mauve et pensa à Sierva María, seule dans la demeure sordide, traînant son pied meurtri par la charlatanerie des guérisseurs. Il demanda, avec sa modestie habituelle :

« Que dois-je faire ? »

L'évêque le lui expliqua point par point. Il l'autorisa à se servir de son nom dans chacune de ses démarches et en particulier au couvent de Santa Clara, où il devait au plus vite faire interner la petite.

« Confie-la à nos soins, conclut-il. Dieu fera le reste. »

Le marquis prit congé plus troublé qu'à son arrivée. Par la fenêtre de la voiture, il contempla les rues désolées, les enfants qui pataugeaient nus dans les flaques, les immondices éparpillées par les charognards. A un tournant, il vit la mer, toujours à sa place, et l'incertitude s'empara de lui.

Il entra dans la maison enténébrée à l'heure de l'Angélus et, pour la première fois depuis la mort de doña Olalla, il le récita à voix haute : *L'ange du Seigneur fit message à Marie.* Les cordes du théorbe résonnaient dans l'obscurité comme au fond d'un étang. Le marquis se dirigea à tâtons vers la musique et entra dans la chambre à coucher de sa fille. Il la trouva assise sur le tabouret de toilette, vêtue de sa tunique blanche, la chevelure déroulée jusqu'à terre et jouant une pièce simple qu'il lui avait enseignée. Il ne pouvait croire que ce fût la même personne qu'il avait laissée à la mi-journée, abattue par l'inclémence des guérisseurs, à moins qu'un miracle ne se fût produit. L'illusion se dissipa aussitôt. Sierva María, en découvrant sa présence, arrêta de jouer et retomba dans l'affliction.

Il passa la nuit auprès d'elle. Il aida à la liturgie du coucher avec une maladresse de père putatif. Il lui mit sa chemise de nuit à l'envers, et elle dut l'ôter pour la remettre à l'endroit. C'était la première fois qu'il la voyait nue, et ses côtes à fleur de peau, ses tétons en bouton, son duvet tendre le consternèrent. L'inflammation de la cheville irradiait une intense chaleur. Tandis qu'il l'aidait à se mettre au lit, la petite poussait des gémissements de souffrance presque inaudibles, et la certitude qu'il était en train de l'aider à mourir le bouleversa.

Pour la première fois depuis qu'il avait cessé de croire, il éprouva le besoin de prier. Il se rendit à l'oratoire, rassembla toutes ses forces pour tenter de retrouver le Dieu qui l'avait abandonné, sans y parvenir : parce qu'elle se nourrit des sens, l'incrédulité est plus résistante que la foi. Au point du jour, il entendit la petite tousser à plusieurs reprises et alla jusqu'à sa chambre. En passant, il vit la porte de Bernarda entrouverte et la poussa, pressé par le besoin de lui confier ses doutes. Elle était endormie à plat ventre sur le sol, et ronflait à grand bruit. Le marquis garda la main sur la clenche et ne la réveilla pas. Il murmura pour lui seul : « Sa vie contre la tienne. » Puis il se corrigea aussitôt :

« La sienne contre nos deux vies de merde, foutrebleu ! »

La petite dormait. En la voyant immobile et fanée, le marquis se demanda s'il préférait la voir morte ou victime du châtiment de la rage. Il ferma la moustiquaire afin que les vampires ne lui sucent pas le sang, la borda pour qu'elle ne tousse plus, et la veilla au pied du lit, pénétré du bonheur tout neuf d'aimer comme jamais il n'avait aimé sur cette terre. Alors, sans consulter ni Dieu ni personne, il prit la décision de sa vie. A quatre heures du matin, Sierva María ouvrit les yeux et le vit assis au bord du lit.

« Il est l'heure de partir », dit le marquis.

La petite se leva sans demander d'explications. Le marquis l'aida à s'habiller pour la circonstance. Dans le coffre, il chercha des pantoufles de velours afin que le contrefort des bottines ne blesse pas sa cheville, et tomba par inadvertance sur une robe de fête qui avait appartenu à sa propre mère quand elle était enfant. Le temps l'avait défraîchie et froissée, mais on voyait qu'elle n'avait pas été portée plus d'une fois. A un siècle de distance, le marquis en vêtit Sierva María par-dessus ses colliers de *santería* et son scapulaire de baptême. Elle était un peu étroite, ce qui la faisait paraître encore plus ancienne. Dans le coffre, le marquis trouva aussi un chapeau chamarré de rubans qui n'avaient rien à voir avec la robe, et en coiffa sa fille. Il lui seyait à la perfection. Enfin, il prépara un petit nécessaire de voyage dans lequel il rangea une chemise de nuit, un peigne fin pour ôter les lentes et un petit missel à fermoirs d'or et à reliure de nacre qui avait appartenu à la grand-mère.

C'était le dimanche des Rameaux. Le marquis accompagna Sierva María à la messe de cinq heures, et elle prit de bonne grâce la palme bénie sans savoir ce qu'elle signifiait. A la sortie, ils s'installèrent dans la voiture et virent le jour se lever, le marquis sur le siège principal, le nécessaire sur ses genoux, et la petite impavide en face de lui et regardant défiler par la fenêtre les dernières rues de ses douze ans. Elle n'avait pas cherché à savoir où on l'emmenait de si bon matin, déguisée en Jeanne la Folle et coiffée d'un chapeau de catin. Après une longue méditation, le marquis lui demanda :

« Sais-tu qui est Dieu ? »

La petite fit non de la tête.

Le ciel était plombé, la mer houleuse et il y avait des éclairs et de lointains coups de tonnerre à l'horizon. Le couvent de Santa Clara surgit au détour d'une rue, blanc et solitaire, avec ses trois étages aux persiennes bleues surplombant une plage fangeuse. Le marquis le lui désigna du doigt. « Le voici », dit-il. Puis, se tournant vers la gauche : « Des fenêtres, tu verras la mer à toute heure du jour. » Comme la petite ne répondait pas, il lui donna la seule et unique explication qu'il devait jamais lui donner sur son destin :

« Tu vas te reposer quelques jours chez les petites sœurs de Santa Clara. »

Parce que c'était le dimanche des Rameaux, il y avait à la porte du tour plus de mendiants que de coutume. Quelques lépreux, qui leur disputaient les reliefs des cuisines, se précipitèrent eux aussi la main tendue vers le marquis. Il leur distribua de maigres aumônes, une à chacun, jusqu'à ce qu'il n'eût plus de monnaie. La sœur tourière le vit dans ses taffetas noirs, vit la petite mise comme une reine, et s'écarta pour les laisser passer. Le marquis lui expliqua qu'il amenait Sierva María sur ordre de l'évêque. Au ton assuré de sa voix, la sœur tourière n'en douta pas. Elle examina l'aspect de la petite et lui ôta son chapeau.

« Ici, les chapeaux sont interdits », dit-elle.

Elle le lui confisqua. Le marquis voulut lui donner aussi le nécessaire, mais elle refusa.

« Elle ne manquera de rien. »

La tresse, mal arrangée, se déroula presque jusqu'à terre. La sœur tourière refusa de croire qu'elle était naturelle. Le marquis voulut la rattacher. La petite l'écarta et l'arrangea toute seule avec une habileté qui surprit la nonne.

« Il faut la lui couper, dit-elle.

— C'est un vœu à la Sainte Vierge de ne la couper qu'au soir de ses noces », dit le marquis.

La sœur tourière se plia à l'argument. Elle prit la petite par la main, sans lui donner le temps d'un adieu, et la fit entrer par la porte du tour. Comme sa cheville lui faisait mal, Sierva María ôta sa pantoufle gauche. Le marquis la regarda s'éloigner, boitillant de son pied nu, la pantoufle à la main. Il attendit en vain qu'en un fugace instant de compassion, elle se retournât pour le regarder. L'ultime souvenir qu'il emporta d'elle fut son arrivée à l'extrémité de la galerie du jardin où, traînant son pied blessé, elle disparut dans le pavillon des emmurées vivantes.

TROIS

Le couvent de Santa Clara, situé face à la mer, était une bâtisse carrée de trois étages aux nombreuses fenêtres identiques et au jardin agreste et sombre bordé d'une galerie d'arcs en plein cintre. Un chemin de pierres courait entre des massifs de bananiers, des fougères sauvages, un palmier élancé qui avait poussé plus haut que les terrasses en quête de lumière, et un arbre colossal aux branches duquel pendaient des gousses de vanille et des ribambelles d'orchidées. Sous l'arbre, il y avait une vasque d'eau dormante ornée d'un arceau rouillé où des perroquets captifs s'essayaient à des pirouettes de cirque.

Le jardin divisait l'édifice en deux ailes. A droite se trouvaient les trois étages des emmurées vivantes que perturbaient à peine le fracas du ressac sur les falaises, les prières et les cantiques aux heures canoniales. Cette aile communiquait avec la chapelle par une porte intérieure afin que les sœurs de la clôture pussent, sans passer par la nef, pénétrer dans le chœur où elles entendaient et chantaient la messe derrière une jalousie qui leur permettait de voir sans être vues. Les magnifiques lambris de bois précieux, qui ornaient tous les plafonds du couvent, étaient l'œuvre d'un artisan espagnol qui leur avait consacré la moitié de sa vie pour avoir le droit d'être inhumé dans l'une des niches de l'autel majeur. Il reposait là, derrière les dalles de marbre, pris entre deux siècles d'abbesses, d'évêques et autres dignitaires.

Lorsque Sierva María arriva dans le couvent, les sœurs de la clôture comptaient quatre-vingt-deux Espagnoles, chacune avec ses domestiques, et trente-six Créoles appartenant aux grandes familles de la vice-royauté. Une fois prononcés leurs vœux de pauvreté, de silence et de chasteté, leur seul lien avec le monde était de rares visites dans un parloir aux jalousies de bois, par lesquelles filtraient les voix mais non la lumière. Situé près de la porte du tour, l'usage en était restreint et réglementé, et la présence d'une sœur écoute obligatoire.

A gauche du jardin se trouvaient les écoles et les divers ateliers, peuplés à foison de novices et de maîtresses d'arts. Il y avait aussi les communs et une immense cuisine avec ses fourneaux à bois, un étal et un grand four à pain. Au fond, dans le marécage d'eaux usées du patio, vivaient plusieurs familles d'esclaves, et plus loin encore se trouvaient les écuries, l'enclos des chèvres, la porcherie, le potager et les ruches, où l'on élevait et cultivait tout ce qui était nécessaire pour bien vivre.

Tout au bout, le plus loin possible et abandonné à la grâce de Dieu, s'élevait un pavillon solitaire qui avait servi de prison à l'Inquisition pendant soixante-huit ans et qui servait encore pour les clarisses égarées. C'est dans la dernière cellule de ce recoin voué à l'oubli que l'on enferma Sierva María, quatre-vingt-treize jours après que le chien l'eut mordue et sans qu'elle présentât le moindre symptôme de rage.

La sœur tourière, qui la conduisait par la main, croisa au bout de la galerie une novice qui se rendait aux cuisines et lui demanda de la mener auprès de l'abbesse. La novice pensa qu'il serait imprudent d'infliger le tumulte de la domesticité à une petite fille aussi languide et bien mise, et elle la laissa dans le jardin, assise sur un banc de pierre, dans l'intention de venir la prendre plus tard. Mais à son retour, elle l'oublia.

Deux novices qui passèrent peu après, attirées par ses colliers et ses bagues, lui demandèrent son nom. Elle ne répondit pas. Elles lui demandèrent si elle parlait le castillan mais ce fut comme si elles s'adressaient à un mort.

« Elle est sourde-muette, dit la novice la plus jeune.

— Ou allemande », dit l'autre.

La plus jeune se mit à la traiter comme si elle eut été privée des cinq sens. Elle déroula la tresse enroulée autour de son cou et la mesura. « Presque trois pieds », dit-elle, convaincue que la petite ne l'entendait pas. Elle voulut la dénouer, mais Sierva María la foudroya du regard. La novice la nargua et lui tira la langue.

« Tu as les yeux du diable », dit-elle.

Elle lui prit une bague sans difficulté, mais quand l'autre tenta de lui arracher ses colliers, Sierva María bondit tel un serpent et en un éclair lui mordit la main jusqu'au sang. La novice courut se laver.

Sierva María venait de se lever pour boire de l'eau de la vasque, lorsqu'on chanta tierce. Effrayée, elle se rassit sur le banc sans avoir étanché sa soif, mais elle se leva de nouveau lorsqu'elle comprit que les nonnes psalmodiaient des cantiques. D'un geste adroit elle écarta la couche de feuilles pourries et but à satiété dans le creux de sa main, sans même enlever les larves. Elle urina derrière l'arbre, accroupie et un bâton à la main pour se défendre des animaux abusifs et des hommes nuisibles, ainsi que Dominga de Adviento lui avait appris à le faire.

Peu après passèrent deux esclaves noires qui reconnurent les colliers de *santería* et s'adressèrent à elle en yoruba. Ravie, la petite leur répondit dans la même langue. Comme personne ne connaissait la raison de sa présence en ces lieux, elles l'emmenèrent aux cuisines où, dans le remue-ménage, les domestiques la reçurent avec allégresse. Quelqu'un remarqua la blessure à sa cheville et voulut savoir ce qui lui était arrivé. « Mère m'a frappée avec un couteau », dit-elle. A ceux qui lui demandèrent comment elle s'appelait, elle donna son nom africain : María Mandinga.

En l'espace d'un instant, elle fut chez elle. Elle aida à égorger un bouc qui refusait de mourir, lui arracha les yeux et lui coupa les testicules, qui étaient ses morceaux préférés. Elle joua au diabolo, dans la cuisine avec les adultes et dans le patio avec les enfants, et elle gagna toutes les parties. Elle chanta en yoruba, en congo, en mandingue et tous, même ceux qui ne la comprenaient pas, l'écoutèrent transportés. Pour déjeuner, elle mangea les testicules et les yeux du bouc cuits dans de la graisse de porc et assaisonnés d'épices brûlantes.

A cette heure, tout le couvent était informé de la présence de la petite sauf l'abbesse, Josefa Miranda. C'était une femme desséchée et endurcie, qui avait hérité l'étroitesse d'esprit de sa famille. Elle avait été formée à Burgos, dans l'ombre du Saint-Office, mais son goût de l'autorité et la rigueur de ses préjugés étaient en elle depuis toujours. Elle avait à son service deux sous-prieures fort capables, qui ne faisaient rien car elle s'occupait de tout sans l'aide de personne.

Sa rancœur contre l'épiscopat local remontait à cent ans au moins avant sa naissance. La cause première en était, comme dans les grands procès de l'histoire, une querelle minime entre les clarisses et l'évêque franciscain pour une affaire d'argent et de juridiction. Devant l'intransigeance du prélat, les nonnes avaient obtenu l'appui du gouvernement civil, et c'est ainsi qu'avait commencé une guerre qui était bientôt devenue celle de tous contre tous. Fort du soutien d'autres communautés, l'évêque mit le siège devant le couvent pour le réduire par la faim et décréta le *Cessatio a Divinis*, c'est-à-dire la suspension jusqu'à nouvel ordre de tout service religieux dans la ville. La population se divisa et les autorités civiles et religieuses s'affrontèrent, soutenues par les uns ou par les autres. Pourtant, au bout de six mois de siège, les clarisses étaient toujours vivantes et sur le pied de guerre, jusqu'au jour où l'on découvrit un tunnel secret par lequel leurs partisans acheminaient des vivres. Les franciscains, cette fois avec l'aval d'un nouveau gouverneur, violèrent la clôture de Santa Clara et dispersèrent les nonnes.

Il fallut vingt ans pour calmer les esprits et rendre aux clarisses le couvent démantelé, mais un siècle plus tard, Josefa Miranda continuait de ronger son frein et de ruminer ses rancœurs. Elle les inculquait à ses novices, les cultivait dans ses entrailles plus que dans son cœur, et en rejetait la responsabilité première et entière sur la personne de l'évêque De Cáceres y Virtudes et sur quiconque avait affaire avec lui de près ou de loin. Aussi, quand on l'informa de la part de l'évêque, que le marquis de Casalduero avait amené au couvent sa fille âgée de douze ans qui présentait des symptômes mortels de possession démoniaque, sa réaction n'étonna personne. « Qu'est-ce que c'est que ce marquis ? » fut la seule question qu'elle posa, deux fois empoisonnée parce que c'était une affaire de l'évêque et parce qu'elle avait toujours nié la légitimité des nobles créoles, qu'elle appelait des « nobles de gouttière ».

A l'heure du déjeuner, elle n'avait pu trouver Sierva María. La sœur tourière avait dit à une sous-prieure qu'un homme en deuil lui avait confié à l'aube une petite fille blonde mise comme une reine, mais elle ne s'était pas renseignée davantage parce qu'au même moment les mendiants se disputaient la soupe de cassave du dimanche des Rameaux. A l'appui de ses dires, elle lui remit le chapeau chamarré de rubans. La sous-prieure le montra à l'abbesse pendant qu'elles cherchaient la petite, et l'abbesse sut d'emblée à qui il appartenait. Elle le prit du bout des doigts et l'examina, bras tendu.

« Une vraie petite marquise coiffée d'un chapeau de maritorne, dit-elle. Satan sait ce qu'il fait. »

A neuf heures du matin, en se rendant au parloir, elle s'était attardée dans le jardin à discuter avec des maçons le prix de travaux d'assainissement, sans voir la petite assise sur le banc de pierre. D'autres nonnes qui étaient passées plusieurs fois par là ne l'avaient pas vue davantage. Les deux novices qui lui avaient pris sa bague jurèrent ne pas l'avoir revue lorsqu'elles avaient traversé le jardin après tierce.

L'abbesse achevait sa sieste quand elle entendit monter un chant qui emplit le couvent tout entier. Elle tira le cordon qui pendait près de son lit, et une novice apparut aussitôt dans la pénombre de la pièce. L'abbesse lui demanda qui chantait avec un tel art.

« La petite », dit la novice

Ensommeillée, l'abbesse murmura : « Quelle voix magnifique », et bondit aussitôt :

« Quelle petite ?

— Je l'ignore, répondit la novice. Une petite fille qui met l'arrière-cour sens dessus dessous depuis ce matin.

— Jésus, Marie, Joseph ! » s'écria l'abbesse.

Elle s'élança hors du lit, traversa le couvent à tire-d'aile en se guidant à la voix, et arriva dans le patio des serviteurs. Assise sur un tabouret, la chevelure déployée jusqu'à terre, Sierva María chantait au milieu des domestiques envoûtés. Dès qu'elle aperçut l'abbesse, elle s'arrêta net. L'abbesse leva le crucifix qu'elle portait au cou.

« Sainte Marie mère de Dieu, dit-elle.

— Bénie entre toutes les femmes », répondirent-ils en chœur.

L'abbesse brandit le crucifix comme une arme de guerre contre Sierva María. « *Vade retro* », s'écria-t-elle. Les serviteurs reculèrent et laissèrent la petite seule où elle était, le regard fixe, sur ses gardes.

« Créature de Satan, hurla l'abbesse. Tu t'es faite invisible pour nous confondre. »

On ne put lui tirer un seul mot. Une novice voulut la prendre par la main mais l'abbesse, terrorisée, la retint. « Ne la touche pas », cria-t-elle. Et, s'adressant à tout le monde :

« Que personne ne la touche. »

A la fin, on l'emmena de force, se débattant et déchirant l'air à coups de dents, jusqu'à la dernière cellule du pavillon de la prison. En chemin, on s'aperçut qu'elle s'était souillée et dans l'écurie on la lava à grands seaux.

« Avec tous les couvents qu'il y a en ville, c'est à nous que Sa Seigneurie envoie les étrons », maugréa l'abbesse.

La cellule était grande, avec des murs rugueux et un haut plafond aux lambris nervurés par les termites. Près de l'unique porte, il y avait une grande fenêtre aux barreaux de bois chantourné et aux vantaux bâclés par une traverse de fer. Sur le mur du fond, des croisillons de bois condamnaient une lucarne ouvrant sur la mer. Le lit était un socle de mortier recouvert d'une paillasse de grosse toile encrassée par l'usage. Il y avait un banc scellé dans la pierre et, sous un crucifix solitaire cloué au mur, une table à ouvrage qui servait aussi d'autel et de table de toilette. Là, on laissa Sierva María, trempée jusqu'à la tresse et grelottante de peur, aux soins d'une gardienne entraînée pour gagner la guerre millénaire contre le démon.

Elle s'assit sur la paillasse, les yeux rivés sur les barres de fer de la porte renforcée, et c'est ainsi que la trouva la servante qui, à cinq heures, lui apporta le plateau du goûter. Sierva María demeura figée. Quand la servante voulut lui ôter ses colliers, elle la saisit par le poignet et l'obligea à les lâcher. Le même soir, lorsqu'on commença à dresser les procès-verbaux, la servante déclara qu'une force d'un autre monde l'avait renversée.

La petite demeura immobile tandis que la porte se refermait et que l'on entendait les cliquetis de la chaîne et les deux tours de clé dans le cadenas. Elle regarda ce qu'on lui avait apporté à manger : des lambeaux de viande salée, une galette de cassave et un gobelet de chocolat. Elle goûta la galette, la mastiqua et la recracha. Elle s'allongea sur le dos, entendit le souffle de la mer, le vent d'eau et les premiers roulements de tonnerre de la saison qui se rapprochaient. A l'aube, quand la servante revint avec le petit déjeuner, elle la trouva endormie sur les touffes de paille du matelas qu'elle avait éventré avec ses dents et ses ongles.

Au déjeuner, elle se laissa conduire de bonne grâce au réfectoire des internes qui n'avaient pas fait vœu de clôture. C'était une grande salle haute et voûtée, avec de larges fenêtres par où entrait l'aveuglante clarté de la mer, et d'où l'on entendait gronder les falaises toutes proches. Vingt novices, jeunes pour la plupart, étaient assises à une double rangée de grandes tables en bois brut. Vêtues d'étamine ordinaire, le crâne rasé, elles étaient joyeuses et niaises et ne dissimulaient guère leur émotion de manger leur pitance de prison en compagnie d'une énergumène.

Assise près de la porte principale entre deux gardiennes distraites, c'est à peine si Sierva María touchait à la nourriture. On l'avait revêtue d'un habit semblable à celui des novices et chaussée de ses pantoufles encore mouillées. Pendant le repas, personne ne leva les yeux sur elle, mais à la fin quelques novices s'approchèrent pour admirer ses breloques. L'une d'elles tenta de les lui prendre. Sierva María se cabra. D'une secousse brutale elle se débarrassa des gardiennes qui tentaient de la maîtriser, bondit sur la table et courut d'une extrémité à l'autre en criant comme une véritable possédée lancée à l'abordage. Elle brisa tout ce qui se trouvait sur son passage, sauta par la fenêtre, détruisit les pergolas du patio, affola les ruches, renversa la palissade des écuries et les barrières des enclos. Les abeilles s'envolèrent et les animaux, hurlant de panique, s'engouffrèrent jusque dans les dortoirs de la clôture.

A partir de ce jour, plus rien ne se produisit qui ne fût attribué aux maléfices de Sierva María. Plusieurs novices déclarèrent pour les procès-verbaux qu'elle volait avec des ailes transparentes au bourdonnement magique. Il fallut deux jours et un piquet d'esclaves pour ramener le bétail dans les enclos, faire rentrer les abeilles dans les ruches et remettre la maison en ordre. La rumeur courut que les cochons avaient été empoisonnés, que les eaux provoquaient des visions prémonitoires et qu'une poule s'était envolée d'épouvante au-dessus des toits avant de se perdre sur la mer, à l'horizon. Pourtant, les frayeurs des clarisses étaient contradictoires, car malgré les transes de l'abbesse et la terreur de chacune, la cellule de Sierva María devint le centre de la curiosité de toutes.

A l'intérieur de la clôture, le grand silence durait de vêpres, dès sept heures, à prime pour la messe de six heures. Tous les feux éteints, seules demeuraient éclairées les quelques cellules qui en recevaient l'autorisation. Pourtant, jamais le couvent n'avait connu tant de liberté et tant d'agitation. Il régnait dans les couloirs un va-et-vient d'ombres, de murmures entrecoupés et de hâtes contenues. Dans les cellules les plus sages, on jouait avec des cartes espagnoles ou avec des dés chargés, on buvait des liqueurs furtives et on fumait du tabac roulé à la dérobée, car Josefa Miranda l'avait interdit à l'intérieur de la clôture. La présence dans le couvent d'une petite fille possédée du démon fascinait comme une aventure prodigieuse.

Même les sœurs les plus strictes s'échappaient de la clôture après l'extinction des feux et allaient par groupes de deux ou trois bavarder avec Sierva María. Dans un premier temps, elle les reçut toutes griffes dehors puis, très vite, apprit à les amadouer suivant l'humeur de chacune et l'ambiance de chaque soir. Elles la priaient souvent de leur servir d'estafette auprès du diable à qui elles demandaient d'impossibles faveurs. Sierva María imitait des voix d'outre-tombe, des voix d'égorgés, des voix de créatures sataniques, et nombreuses furent celles qui prirent ses diableries au sérieux et les donnèrent pour véridiques lors des procès-verbaux. Un soir d'infortune, une patrouille de nonnes travesties prit la cellule d'assaut, bâillonna Sierva María et la dépouilla de ses colliers sacrés. Ce fut une victoire éphémère. Dans la hâte de la fuite, celle qui avait commandé la charge trébucha dans les escaliers enténébrés et se fractura le crâne. Ses compagnes n'eurent pas un instant de paix qu'elles n'eussent rendu à la petite les colliers volés. Nul ne revint plus troubler les nuits de la cellule.

Pour le marquis de Casalduero, ce furent des journées de deuil. Il avait mis plus de temps à faire interner Sierva María qu'à regretter sa précipitation, et il eut un accès de tristesse dont il ne se remit jamais. Il rôda pendant des heures autour du couvent, en se demandant à laquelle des innombrables fenêtres Sierva María se tenait en songeant à lui. Lorsqu'il rentra, la nuit tombée, il vit Bernarda qui prenait le frais dans le jardin. Il frissonna à l'idée qu'elle allait s'enquérir de Sierva María, mais c'est à peine si elle lui jeta un regard.

Il lâcha les molosses et alla dans sa chambre se coucher au creux du hamac, avec l'illusion d'un sommeil éternel. Ce fut impossible. Les alizés enfuis, la nuit était torride. Les marais dépêchaient toutes sortes de bestioles hébétées par la touffeur et des rafales de moustiques carnassiers qu'il fallait chasser des chambres en brûlant de la bouse. Les âmes sombraient dans la torpeur. On attendait la première averse de l'année dans l'anxiété, celle-là même avec laquelle, six mois plus tard, on implorait une embellie éternelle.

Au point du jour, le marquis se rendit chez Abrenuncio. Il ne s'était pas encore assis qu'il éprouva par avance l'immense réconfort de partager sa douleur. Il en vint au fait, sans préambule.

« J'ai conduit la petite à Santa Clara. »

Abrenuncio ne comprit pas, et le marquis profita de son trouble pour porter le coup suivant.

« Elle sera exorcisée », dit-il.

Le médecin prit sa respiration et dit, avec un calme exemplaire :

« Racontez-moi tout. »

Alors, le marquis lui raconta sa visite à l'évêque, son besoin de prière, sa détermination aveugle, sa nuit blanche. Ce fut l'acte de capitulation d'un vieux chrétien qui ne se fait grâce d'aucun secret.

« Je suis certain que Dieu m'a inspiré, conclut-il.

— Ce qui veut dire que vous avez retrouvé la foi, répliqua Abrenuncio.

— On ne la perd jamais tout à fait, dit le marquis. Le doute persiste. »

Abrenuncio comprit. Il avait toujours pensé que cesser de croire laissait une cicatrice indélébile à l'endroit de la foi, qui interdisait de l'oublier. En revanche, soumettre son enfant au châtiment de l'exorcisme lui semblait inconcevable.

« Entre cela et les sorcelleries des Noirs, la différence n'est pas bien grande, dit-il. Mais l'exorcisme est pire parce que les Noirs se contentent de sacrifier des coqs à leurs dieux, tandis que le Saint-Office se plaît à écarteler des innocents sur le chevalet ou à les rôtir vivants en des spectacles publics. »

La participation de monseigneur Cayetano Delaura à l'entretien avec l'évêque lui parut de sinistre augure. « C'est un bourreau », dit-il sans détour. Et il se lança dans une énumération aussi interminable qu'érudite d'autodafés au cours desquels des malades mentaux avaient été exécutés comme hérétiques ou énergumènes.

« Je crois qu'il eût été plus chrétien de la tuer que de l'emmurer vivante », conclut-il.

Le marquis se signa. Abrenuncio le regarda trembler tel un fantôme dans ses taffetas de deuil, et reconnut dans ses yeux les lucioles de l'incertitude venues au monde avec lui.

« Faites-la sortir, dit-il.

— Je ne désire rien d'autre depuis que je l'ai vue marcher vers le pavillon des emmurées vivantes, dit le marquis. Mais je ne trouve pas la force de contrarier la volonté de Dieu.

— Eh bien, trouvez-la, dit Abrenuncio. Dieu vous en remerciera peut-être un jour. »

Le même soir, le marquis sollicita une audience à l'évêque. Il écrivit de sa main un placet dans un style embrouillé et une calligraphie enfantine, qu'il remit en personne au concierge pour s'assurer qu'il parviendrait à bon port.

Le lundi, l'évêque fut informé que Sierva María était prête pour les exorcismes. Il venait d'achever sa collation sur la terrasse aux campanules jaunes et n'accorda pas d'attention particulière à ce message. Il mangeait peu, mais avec tant de nonchalance que le rituel pouvait durer trois heures. Assis en face de lui, le père Cayetano Delaura lui faisait la lecture d'une voix bien posée et sur un ton quelque peu théâtral. L'une et l'autre convenaient aux ouvrages qu'il choisissait lui-même à son goût et son idée.

Le vieux palais était trop grand pour l'évêque qui se contentait de la salle des visites, de la chambre et de la terrasse en plein air où il prenait ses repas et faisait la sieste jusqu'au début de la saison des pluies. Dans l'aile opposée se trouvait la bibliothèque de l'évêché que Cayetano avait fondée, enrichie et entretenue d'une main de maître, et qu'en son temps on tenait pour l'une des meilleures des Indes. Le reste de la bâtisse comprenait onze appartements fermés où s'entassaient deux siècles de décombres.

A l'exception de la nonne qui servait à table, Cayetano Delaura était la seule personne qui avait accès à la demeure de l'évêque aux heures des repas, non par quelque privilège personnel, comme on se plaisait à le dire, mais en raison de sa dignité de lecteur. Il n'avait pas de charge précise ni d'autre titre que celui de bibliothécaire, mais on le considérait de fait comme un vicaire parce qu'il était proche de l'évêque, et personne n'eût songé que celui-ci pût prendre une décision importante sans le consulter. Il disposait d'une cellule personnelle dans un bâtiment contigu qui communiquait de l'intérieur avec le palais, et où se trouvaient les bureaux et les appartements des fonctionnaires du diocèse et les chambres de la demi-douzaine de nonnes au service de l'évêque. Mais sa véritable demeure était la bibliothèque, où il travaillait et lisait jusqu'à quatorze heures par jour, et où il avait installé un lit de camp pour dormir lorsqu'il succombait au sommeil.

La nouveauté de cet après-midi historique fut que Delaura trébucha plusieurs fois sur sa lecture. Mais plus insolite encore était qu'il eût sauté une page par erreur et, sans s'en rendre compte, continué de lire. L'évêque l'observa derrière ses minuscules bésicles d'alchimiste et attendit qu'il eût tourné la page. Alors, il l'interrompit, amusé :

« A quoi penses-tu ? »

Delaura sursauta.

« Ce doit être la chaleur, dit-il. Pourquoi ? »

L'évêque le regarda droit dans les yeux. « Je suis sûr que c'est autre chose que la chaleur », lui dit-il. Et il répéta sur le même ton : « A quoi pensais-tu ?

— A la petite », dit Delaura.

Il n'apporta aucune précision car, pour eux, depuis la visite du marquis il n'y avait d'autre petite au monde. Ils avaient beaucoup parlé d'elle et relu ensemble les chroniques des possédés et les Mémoires des saints exorcistes. Delaura soupira :

« J'ai rêvé d'elle.

— Comment peux-tu rêver de quelqu'un que tu n'as jamais vu ? demanda l'évêque.

— C'était une petite marquise créole de douze

ans, dont la chevelure flottait comme un manteau de reine, dit-il. Ce ne pouvait être qu'elle. »

L'évêque n'était pas homme à croire aux visions célestes, ni aux miracles ou à la flagellation. Son royaume était de ce monde. Si bien qu'il hocha la tête sans conviction et poursuivit son repas. Delaura reprit sa lecture en y portant davantage de soin. Lorsque l'évêque eut fini de manger, il l'aida à s'asseoir dans la berceuse. Installé à son aise, l'évêque dit :

« Eh bien, à présent raconte-moi ton rêve. »

Il était fort simple. Delaura avait rêvé que Sierva María était assise à une fenêtre face à un paysage de neige, et qu'elle détachait et mangeait un à un les grains d'une grappe de raisin posée sur ses genoux. Chaque baie ainsi cueillie repoussait aussitôt sur la grappe. Dans le rêve, la petite était à l'évidence depuis maintes années devant cette fenêtre infinie, occupée à terminer la grappe sans hâte aucune parce qu'elle savait que dans le dernier grain se trouvait la mort.

« Le plus étrange, conclut Delaura, c'est que la fenêtre par laquelle elle contemplait le paysage était celle de Salamanque, en cet hiver où il a neigé pendant trois jours et où les moutons sont morts étouffés sous la neige. »

L'évêque fut impressionné. Il connaissait et aimait trop Cayetano Delaura pour ne pas tenir compte des énigmes de ses rêves. Par ses nombreux talents et son bon caractère celui-ci avait gagné de plein droit la place qu'il occupait dans le diocèse comme dans son cœur. L'évêque ferma les yeux pour s'assoupir trois minutes, le temps de sa sieste vespérale.

Delaura s'assit à la table et mangea en attendant de dire avec lui les oraisons du soir. Il n'avait
pas terminé que l'évêque s'étira dans la berceuse
et prit la décision de sa vie.

« Occupe-toi de cette affaire. »

Il prononça ces mots les yeux fermés et poussa
un ronflement de lion. Son repas achevé, Delaura
s'assit dans sa bergère habituelle, sous la tonnelle
fleurie. Alors, l'évêque ouvrit les yeux.

« Tu ne m'as pas répondu, dit-il.

— Je croyais que vous aviez dit cela en dor-
mant, répliqua Delaura.

— Eh bien, je te le redis éveillé, insista l'évêque. Je te recommande le salut de la petite.

— C'est la chose la plus étrange qui me soit
jamais arrivée, dit Delaura.

— Veux-tu dire que tu refuses ?

— Je ne suis pas exorciste, mon père, dit
Delaura. Je n'ai ni le caractère ni la formation ni
l'information pour y prétendre. De plus, nous
savons que Dieu a pour moi un autre dessein. »

C'était la vérité. Grâce aux démarches de l'évêque, Delaura était l'un des trois candidats à la
charge de garde du fonds séfarade de la bibliothèque du Vatican. Tous deux le savaient, mais c'était
la première fois qu'ils y faisaient allusion.

« Raison de plus, dit l'évêque. Le cas de la
petite, bien résolu, peut nous donner l'impulsion
qui nous manque. »

Delaura était conscient de sa maladresse à
s'entendre avec les femmes. Elles lui semblaient
des êtres doués d'une raison impénétrable qui
leur permettait de naviguer sans heurts entre les
récifs de la réalité. La seule idée d'une telle ren-

contre, même avec une créature sans défense comme Sierva María, glaçait la sueur de ses mains.

« Non, monsieur, décida-t-il. Je n'en suis pas capable.

— Bien sûr que si, tu l'es, répliqua l'évêque. Et tu possèdes en outre ce qui manquerait à tout autre : l'inspiration. »

Le mot était trop grand pour ne pas être le dernier. L'évêque, cependant, ne l'enjoignit pas d'accepter tout de suite et lui laissa un temps de réflexion, jusqu'à la fin des deuils de la Semaine Sainte qui commençait le jour même.

« Va voir la petite, lui dit-il. Prends connaissance du cas et tiens-moi informé. »

C'est ainsi que Cayetano Alcino del Espíritu Santo Delaura y Escudero entra à l'âge de trente-six ans dans la vie de Sierva María et dans l'histoire de la ville. Disciple de l'évêque, il avait suivi son célèbre enseignement de théologie à l'université de Salamanque où il avait obtenu le grade le plus élevé de sa promotion. Convaincu que son père était le descendant direct de Garcilaso de la Vega, à qui il rendait un culte presque religieux, il le faisait savoir d'emblée. Sa mère, une Créole de San Martín de Loba, dans la province de Mompox, avait émigré en Espagne avec ses parents. Delaura croyait ne rien tenir d'elle jusqu'au jour où il s'était établi dans le Nouveau Royaume de Grenade et avait reconnu le berceau de ses nostalgies.

Dès leur premier entretien à Salamanque, l'évêque De Cáceres y Virtudes avait su qu'il avait devant lui un des rares fleurons de la chrétienté de l'époque. C'était par un matin glacial de février, et de la fenêtre on apercevait la campagne enneigée avec, au loin, la rangée de peupliers bordant la rivière. Ce paysage hivernal devait être le décor d'un rêve récurrent qui hanta le jeune théologien jusqu'à la fin de ses jours.

Ils parlèrent de livres, bien sûr, et l'évêque ne pouvait croire qu'à son âge Delaura eût déjà tant lu. Celui-ci parla de Garcilaso. Le maître avoua qu'il le connaissait mal et qu'il avait de lui le souvenir d'un poète païen qui ne mentionnait Dieu que deux ou trois fois dans son œuvre.

« Un peu plus, dit Delaura. Mais ce n'était pas là chose exceptionnelle, même chez les bons catholiques de la Renaissance. »

Le jour de ses premiers vœux, le maître lui offrit de l'accompagner au royaume incertain du Yucatán, où il venait d'être nommé évêque. Pour Delaura, qui connaissait la vie dans les livres, le vaste monde de sa mère était comme un rêve qu'il n'atteindrait jamais. Tandis que l'on dégageait de la neige les moutons pétrifiés, il avait peine à imaginer la chaleur suffocante, l'éternel remugle de charogne, les marais fumants. En revanche, il était plus facile à l'évêque, qui avait combattu en Afrique, de se les représenter.

« J'ai ouï dire, risqua Delaura, qu'aux Indes le bonheur précipite nos prêtres dans la folie.

— Certains se pendent, dit l'évêque. C'est un royaume menacé par la sodomie, l'idolâtrie et l'anthropophagie. » Puis il ajouta, sans préjugés : « Une terre de Maures, en quelque sorte. »

Mais il pensait aussi que c'était là son plus grand attrait. Il fallait des guerriers qui fussent capables d'imposer les bienfaits de la civilisation chrétienne comme de prêcher dans le désert. Mais à vingt-trois ans, Delaura croyait qu'était tracée sa voie vers la droite du Saint-Esprit, à qui il était dévot.

« Toute ma vie j'ai rêvé d'être bibliothécaire principal, dit-il. C'est la seule chose que je sache faire. »

Il s'était présenté aux concours pour obtenir à Tolède une charge qui le mettrait sur le chemin de ce rêve, et il était sûr de l'atteindre. Mais le maître était tenace.

« Il est plus facile de devenir un saint en étant bibliothécaire au Yucatán que martyr à Tolède », lui dit-il.

Delaura rétorqua sans humilité :

« Si Dieu m'accordait la grâce, ce n'est pas un saint que je voudrais être mais un ange. »

Il réfléchissait encore à l'offre de son maître, quand il fut nommé à Tolède. Néanmoins, il préféra le Yucatán. Ils ne l'atteignirent jamais. Après soixante-dix jours de grosse mer, ils firent naufrage dans la Passe des Vents où un convoi mal en point les repêcha puis les abandonna à leur sort à Santa María la Antigua del Darién. Là, ils demeurèrent plus d'un an à attendre les courriers illusoires de la flotte des Galions, jusqu'au jour où l'évêque De Cáceres obtint une charge intérimaire dans cette région dont le siège, après la mort soudaine du titulaire, était vacant. En voyant l'immense forêt d'Uraba depuis l'embarcation qui les emportait vers leur nouveau destin, Delaura reconnut les nostalgies qui tourmentaient sa mère durant les hivers lugubres de

Tolède. Les crépuscules hallucinants, les oiseaux de cauchemar et les pourritures exquises des mangroves évoquaient en lui des souvenances bien-aimées d'un passé qu'il n'avait pas vécu.

« Seul l'Esprit Saint, dans sa bonté, pouvait ainsi me conduire au pays de ma mère », dit-il.

Douze années plus tard, l'évêque avait voué son rêve du Yucatán à l'oubli. Il avait soixante-treize ans passés, l'asthme était en train de le tuer et il savait que plus jamais il ne verrait neiger sur Salamanque. A l'époque où Sierva María arriva au couvent, il avait décidé de renoncer à sa charge, son disciple une fois engagé sur le chemin de Rome.

Cayetano Delaura se rendit au couvent de Santa Clara le lendemain. En dépit de la chaleur, il s'était vêtu d'un habit de laine écrue et muni d'un bénitier et d'un étui contenant les saintes huiles, armes élémentaires dans la guerre contre le démon. L'abbesse ne l'avait jamais vu, mais les dires sur son intelligence et son pouvoir avaient brisé le silence de la clôture. En le recevant dans le parloir, à six heures du matin, elle fut frappée par son air de jeunesse, sa pâleur de martyr, le métal de sa voix et l'énigme de sa mèche blanche. Nulle vertu, cependant, n'eût suffi à lui faire oublier qu'il était l'homme de guerre de l'évêque. En revanche, seule l'effervescence des coqs retint l'attention de Delaura.

« Ils ne sont que six mais ils chantent comme cent, dit l'abbesse. En outre, un cochon a parlé et une chèvre a mis bas des triplés. » Puis elle s'empressa d'ajouter : « Il en est ainsi depuis que votre évêque nous a fait l'honneur de nous envoyer ce cadeau pernicieux. »

Le jardin, dont la fougueuse floraison semblait contre nature, l'inquiétait d'autant. Pendant qu'ils le traversaient, elle montra à Delaura certaines fleurs aux couleurs et aux dimensions irréelles et d'autres à l'odeur insupportable. L'ordinaire prenait pour elle des allures surnaturelles. Delaura la sentait plus forte à chaque mot et il se hâta de fourbir ses armes.

« Nous n'avons pas dit que la petite est possédée, dit-il, mais qu'il y a des motifs de le croire.

— Ce que nous voyons parle de soi, répondit l'abbesse.

— Prenez garde, dit Delaura. Parfois nous attribuons au démon certaines choses que nous ne comprenons pas, sans penser que ce que nous ne comprenons pas peut venir de Dieu.

— Saint Thomas a dit, et à lui je m'en tiens : "Il ne faut point croire les démons quand même ils disent la vérité." »

Au deuxième étage régnait la quiétude. D'un côté se trouvaient les cellules vides et fermées à double tour pendant la journée et, leur faisant face, la rangée de fenêtres ouvertes sur la mer resplendissante. Les novices affectaient ne pas se détourner de leurs travaux, mais en réalité elles n'avaient d'yeux que pour l'abbesse et son visiteur, qui se dirigeaient vers le pavillon de la prison.

Avant d'atteindre l'extrémité du couloir, où se trouvait la cellule de Sierva María, ils passèrent devant celle de Martina Laborde, une ancienne nonne condamnée à perpétuité pour avoir tué deux de ses compagnes avec un couteau à dépecer. Elle n'avait jamais avoué ses motifs. Elle était là depuis onze ans, plus connue pour ses évasions manquées que pour son crime, et refusait d'admettre que rester prisonnière à vie ou être sœur de clôture revenait au même. Elle était si attachée à son idée qu'elle avait proposé de purger sa peine comme servante dans le pavillon des emmurées vivantes. Son invincible obsession, à laquelle elle consacrait autant d'ardeur qu'à sa foi, était d'être libre quand bien même elle devrait tuer de nouveau.

Delaura ne résista pas à la curiosité quelque peu puérile de jeter un coup d'œil dans la cellule à travers les barreaux de fer du judas. Martina était de dos. Lorsqu'elle sentit le regard posé sur elle, elle se retourna vers la porte et son pouvoir de sorcière subjugua aussitôt Delaura. Inquiète, l'abbesse l'écarta du judas.

« Prenez garde, lui dit-elle. Cette créature est capable de tout.

— A ce point ? dit Delaura.

— A ce point, dit l'abbesse. S'il ne dépendait que de moi, elle serait libre depuis longtemps. Elle est une cause d'agitation trop grande dans ce couvent. »

Quand la gardienne ouvrit la porte, la cellule de Sierva María exhala un remugle de pourriture. La petite gisait sur le dos, à même le lit de pierre sans matelas, les pieds et les mains attachés par des courroies de cuir. Elle paraissait morte, mais dans ses yeux brillait l'éclat de la mer. Delaura la vit pareille à la petite de son rêve et un tremblement s'empara de son corps tandis que l'inondait une sueur glacée. Il ferma les yeux et pria à voix basse, de toute la force de sa foi. Lorsqu'il eut terminé, il était de nouveau maître de lui.

« Quand cette malheureuse créature ne serait possédée par aucun démon, dit-il, elle se trouve dans les conditions les plus propices pour le devenir. »

L'abbesse répliqua : « C'est un honneur que nous ne méritons pas. » En effet, elles avaient veillé de leur mieux à la propreté de la cellule, mais Sierva María avait répandu son propre marécage.

« Ce n'est pas à elle que nous faisons la guerre, mais aux démons qui l'habitent », dit Delaura.

Il entra sur la pointe des pieds pour éviter les immondices qui jonchaient le sol, et aspergea la cellule d'eau bénite avec son goupillon tout en murmurant les formules rituelles. Les éclaboussures d'eau sur les murs terrorisèrent l'abbesse.

« Du sang ! » hurla-t-elle.

Delaura blâma la légèreté de son jugement. Ce n'était pas parce que l'eau était rouge que ce devait être du sang et si c'en était, il n'y avait nulle raison de croire que ce fût l'œuvre du diable. « Il serait plus juste de penser que c'est un miracle, et seul Dieu a le pouvoir d'en accomplir », dit-il. Mais ce n'était ni l'un ni l'autre car, en séchant, les taches sur la chaux n'étaient plus rouges mais d'un vert intense. La honte monta au visage de l'abbesse. Bien que toute instruction classique fût interdite aux clarisses de même qu'à toutes les femmes de l'époque, l'abbesse avait appris très jeune à affûter les lames de la scolastique dans sa famille prodigue en théologiens insignes et grands hérétiques.

« Au moins, répliqua-t-elle, ne refusons pas aux démons le modeste pouvoir de changer la couleur du sang.

— Rien n'est plus utile que le doute exercé à bon escient », rétorqua Delaura. Puis, la regardant droit dans les yeux, il ajouta : « Lisez saint Augustin.

— Je l'ai lu et fort bien lu, dit l'abbesse.

— Eh bien, relisez-le », dit Delaura.

Avant de s'occuper de la petite, il pria d'un ton aimable la gardienne de sortir de la cellule. Puis, sans la même douceur, il dit à l'abbesse :

« Vous aussi, s'il vous plaît.

— Vous en prenez la responsabilité, dit-elle.

— L'évêque est ici la plus haute autorité, répliqua Delaura.

— Il n'est pas besoin de me le rappeler, dit l'abbesse avec une pointe de sarcasme. Nous savons que vous êtes les maîtres de Dieu. »

Delaura lui laissa le plaisir du dernier mot. Il s'assit au bord du lit et examina la petite avec une rigueur toute médicale. Il tremblait encore mais ne transpirait plus.

De près, Sierva María était couverte d'égratignures et d'ecchymoses, et le frottement des courroies avait laissé sa chair à vif. Mais le plus impressionnant était la blessure à la cheville, brûlante et suppurante à cause de la charlatanerie des guérisseurs.

Tout en l'examinant, Delaura lui expliqua qu'on ne l'avait pas amenée ici pour la martyriser mais parce que l'on soupçonnait qu'un démon s'était introduit dans son corps afin de lui voler son âme. Pour établir la vérité, il avait besoin de son aide. Mais il ne pouvait savoir si elle l'écoutait et si elle comprenait que c'était là une supplique du cœur.

A la fin de l'examen, Delaura se fit apporter une trousse de soins et interdit à la sœur apothicaire d'entrer. Il oignit les plaies de baumes et souffla avec délicatesse sur la chair à vif pour soulager la sensation de brûlure, transporté d'admiration devant la résistance de Sierva María à la douleur. Elle ne répondit à aucune de ses questions, ne s'intéressa pas davantage à ses homélies et ne se plaignit de rien.

Ces déchirants préliminaires poursuivirent Delaura jusque dans la quiétude de la bibliothèque. C'était une pièce sans fenêtre, la plus grande du palais épiscopal, avec des murs couverts de nombreux livres bien rangés dans des armoires vitrées en acajou. Au centre, sur une grande table, il y avait des portulans, un astrolabe, maints objets de navigation et un globe terrestre avec des ajouts et des annotations faits à la main par les cartographes successifs à mesure que le monde grandissait. Au fond, se trouvait une table à écrire rustique où étaient disposés un encrier, un canif, des plumes de paon créole, de la poudre à sécher et un œillet pourri dans un vase. La pièce, plongée dans la pénombre, avait la senteur du papier au repos et la fraîcheur silencieuse d'un bosquet.

A l'extrémité de la salle, dans un espace plus étroit, il y avait une armoire fermée par des portes de bois brut. C'était la prison des livres interdits, mis à l'Index expurgatoire par la Sainte

Inquisition parce qu'ils traitaient de « matières profanes et fabuleuses, et histoires feintes ». Nul n'y avait accès sauf, par autorisation pontificale et afin d'explorer les abîmes des lettres égarées, Cayetano Delaura.

Du jour où il connut Sierva María, ce refuge de tant d'années devint son enfer. Il cessa de se rendre chez ses amis, clercs et laïcs, qui partageaient avec lui les délices des idées pures et organisaient des tournois scolastiques, des concours littéraires ou des veillées musicales. La passion se réduisit à écouter les matoiseries du démon, et pendant cinq jours et cinq nuits il leur consacra ses lectures et ses réflexions, avant de retourner au couvent. Le lundi, l'évêque le vit sortir d'un pas assuré et prit de ses nouvelles :

« J'ai les ailes du Saint-Esprit », dit Delaura.

Il portait la soutane de coton ordinaire qui lui insufflait une énergie de bûcheron et avait cuirassé son âme contre la déréliction. Il en avait grand besoin. La gardienne répondit à son salut par un grognement, Sierva María le reçut avec une mine renfrognée, et l'air de la cellule était irrespirable à cause des restes de nourriture et des excréments répandus à terre. Sur l'autel, près de la lampe du Saint Sacrement, le déjeuner du midi était intact. Delaura saisit l'assiette et tendit à Sierva María une cuillerée de haricots noir dans du beurre rance. Elle refusa. Il insista à plusieurs reprises et elle refusa d'autant. Alors, Delaura mangea la cuillerée de haricots, en éprouva la saveur et l'avala sans mastiquer, avec une moue de réel dégoût.

« Tu as raison, lui dit-il. C'est infect. »

La petite ne lui prêta aucune attention. Lorsqu'il soigna sa cheville enflammée, la peau de Sierva María se hérissa et ses yeux s'embuèrent. La croyant vaincue, il voulut l'amadouer par des murmures de bon pasteur et, à la fin, se risqua à ôter les courroies pour donner quelque trêve au corps meurtri. La petite plia plusieurs fois les doigts comme pour s'assurer qu'ils lui appartenaient encore et étira ses pieds tuméfiés par les sangles. Alors, pour la première fois, elle posa les yeux sur Delaura, le pesa, le mesura et se jeta sur lui d'un bond précis de bête sauvage. La gardienne prêta main-forte pour la maîtriser et l'attacher. Avant de partir, Delaura sortit de sa poche un rosaire en bois de santal et l'attacha par-dessus les colliers africains de Sierva María.

L'évêque s'alarma lorsqu'il le vit rentrer le visage griffé et la main marquée d'une morsure dont la seule vue faisait souffrir. Mais il s'alarma plus encore de la réaction de Delaura, qui arborait ses plaies comme des trophées de guerre et se riait du danger de contracter la rage. Le médecin de l'évêque lui administra toutefois un remède drastique, car il était de ceux qui craignaient que l'éclipse du lundi suivant fût le prélude à de graves désastres.

En revanche, Sierva María n'opposa pas la moindre résistance à Martina, la criminelle. Celle-ci s'était approchée de la cellule à pas de loup et l'avait vue sur le lit, les pieds et les mains liés. La petite se mit sur ses gardes, la fixa du regard, en alerte, jusqu'à ce que Martina lui sourît. Alors, elle lui rendit son sourire et abdiqua sans conditions. Ce fut comme si l'âme de

Dominga de Adviento eût illuminé la cellule tout entière.

Martina lui dit qui elle était et pourquoi elle demeurerait ici jusqu'à la fin de ses jours, bien qu'elle eût perdu la voix à force de crier son innocence. Lorsqu'elle demanda à Sierva María les motifs de son enfermement, celle-ci put tout juste lui dire ce qu'elle avait appris de son exorciste :

« J'ai un diable là-dedans. »

Martina n'insista pas, croyant qu'elle mentait ou qu'on lui avait menti, sans savoir qu'elle était l'une des rares Blanches à qui Sierva María avait dit la vérité. Elle lui montra l'art de la broderie, et la petite lui demanda de la détacher pour qu'elle pût s'y essayer. Martina tira des ciseaux de la poche de son habit, où elle gardait aussi d'autres instruments de couture.

« Tu veux que je te détache, lui dit-elle. Soit. Mais je te préviens : si tu essayes de me faire du mal, je te tue. »

Sierva María ne mit pas sa détermination en doute. Martina la détacha, et la petite apprit la leçon avec la même facilité et la même oreille que lorsqu'elle avait appris à jouer du théorbe. Avant de la quitter, Martina lui promit d'obtenir l'autorisation de regarder ensemble, le lundi suivant, l'éclipse totale de soleil.

Le vendredi à l'aube, les hirondelles prirent congé par un long vol circulaire, et répandirent dans les rues et sur les toits une fiente blanchâtre et nauséabonde. On ne put ni manger ni dormir avant que le soleil de la mi-journée eût séché le guano récalcitrant, et plus tard les brises de la nuit purifièrent l'air. Mais la terreur demeurait.

Nul n'avait jamais vu les hirondelles caguer en plein vol ni même imaginé que la puanteur de leurs excréments pût empêcher de vivre.

A l'intérieur du couvent, bien entendu, personne ne douta que Sierva María eût des pouvoirs à suffisance pour altérer les lois des migrations. Delaura le sentit jusque dans la dureté de l'air, après la messe du dimanche, tandis qu'il traversait le jardin avec une corbeille de friandises de la Porte des Marchands. Sierva María, indifférente à tout, portait encore le rosaire autour du cou, mais elle ne lui rendit pas son bonjour et ne daigna même pas le regarder. Il s'assit auprès d'elle, savoura avec délices une des oublies de la corbeille et dit, la bouche pleine :

« C'est exquis. »

Il approcha de la bouche de Sierva María l'autre moitié de l'oublie. Elle se déroba, mais au lieu de se tourner vers le mur comme les autres fois, elle montra à Delaura la gardienne qui les épiait. D'un geste énergique de la main vers la porte, il ordonna :

« Sortez. »

Quand la gardienne se fut éloignée, la petite voulut apaiser sa faim de plusieurs jours avec la moitié de l'oublie, mais elle recracha la bouchée. « Ça sent la merde d'hirondelle », dit-elle. Toutefois, son humeur avait changé. Elle laissa de bonne grâce Delaura soigner les escarres cuisantes de son dos et lui porta pour la première fois quelque intérêt en découvrant sa main bandée. Avec une innocence qui ne pouvait être feinte, elle lui demanda ce qui lui était arrivé.

« J'ai été mordue par une petite chienne enragée qui a une queue d'un mètre de long », dit Delaura.

Sierva María voulut voir la blessure. Delaura ôta la bande, et du bout de l'index elle effleura le pourtour violacé de l'inflammation comme si c'était une braise, et pour la première fois éclata de rire. « Je suis méchante comme la gale », dit-elle.

Delaura lui répondit en citant non pas les Evangiles mais Garcilaso :

« *Sans crainte tu peux l'infliger à celui qui peut le souffrir.* »

Il s'en alla, exalté par la révélation qu'un événement irréparable et démesuré venait de se produire dans sa vie. A la sortie, la gardienne lui rappela, de la part de l'abbesse, qu'il était interdit d'apporter de la nourriture du dehors de crainte que l'on envoyât des aliments empoisonnés, comme cela s'était passé pendant le siège. Delaura mentit en affirmant qu'il avait apporté la corbeille avec la permission de l'évêque, et il éleva une protestation solennelle contre la mauvaise nourriture des recluses dans un couvent connu pour sa bonne chère.

Pendant le dîner, il fit la lecture à l'évêque d'une humeur nouvelle. Il dit avec lui les prières du soir, selon leur habitude, et garda les yeux clos afin de penser plus fort à Sierva María. Il se retira dans la bibliothèque plus tôt que de coutume en pensant à elle, et plus il y pensait plus intense était son désir d'y penser. Il récita à voix haute les sonnets d'amour de Garcilaso, effrayé à l'idée que chaque vers recelait une prédiction secrète qui touchait à sa vie. Il ne put trouver le sommeil. A l'aube, courbé sur la table, il appuya le front sur le livre qu'il n'avait pas lu. Du fond du sommeil, il entendit les trois nocturnes des matines du jour nouveau au sanctuaire voisin. « Je vous salue María de Todos los Angeles », dit-il dans son sommeil. Sa propre voix l'éveilla, et il vit Sierva María en habit de recluse, les feux de sa chevelure tombant sur ses épaules, qui jetait l'œillet fané et déposait un bouquet de gardénias à peine éclos dans le vase sur la table. Delaura lui dit d'une voix brûlante, en récitant Garcilaso : « *Par toi je suis né, par toi je vis, par toi je mourrai et par toi je meurs.* » Sierva María sourit sans le regarder. Il ferma les yeux pour s'assurer que ce n'était pas un leurre des ténèbres. Quand il les rouvrit, la vision avait disparu mais la fragrance des gardénias saturait l'air de la bibliothèque.

QUATRE

L'évêque convia le père Cayetano Delaura à attendre l'éclipse sous la pergola aux campanules jaunes, seul endroit de la maison où ciel et mer s'offraient à la vue. Ailes éployées, immobiles dans l'air, les albatros semblaient morts en plein vol. L'évêque achevait sa sieste et s'éventait avec lenteur dans le hamac suspendu entre deux cabestans de navire fixés à des poteaux. Delaura se balançait près de lui dans une berceuse d'osier. Tous deux étaient en état de grâce, buvaient du jus de tamarin et contemplaient par-dessus les toitures le ciel immense et sans nuages. Peu après deux heures, le jour déclina, les poules se recroquevillèrent sur les perchoirs et toutes les étoiles s'allumèrent en même temps. Un frisson surnaturel courut sur la terre. L'évêque entendit le froissement d'ailes des dernières colombes qui cherchaient leur gîte à tâtons dans l'obscurité.

« Dieu est grand, soupira-t-il. Même les animaux le sentent. »

La nonne de service apporta une chandelle et quelques morceaux de verre fumé pour regarder le soleil. L'évêque se redressa dans le hamac et se mit à observer l'éclipse à travers le tesson.

« Il ne faut regarder que d'un œil, dit-il, en s'efforçant de maîtriser le sifflement de sa respiration. Sinon, on court le risque de perdre les deux. »

Un morceau de verre à la main, Delaura regardait ailleurs. Au bout d'un long silence, l'évêque l'épia dans la pénombre et vit ses yeux phosphorescents, insensibles à la magie de cette fausse nuit.

« A quoi penses-tu ? » demanda-t-il.

Delaura ne lui répondit pas et contempla l'astre pareil à un croissant de lune qui brûla sa rétine en dépit du verre noirci. Il continua pourtant à le fixer.

« Tu penses encore à la petite », dit l'évêque.

Cayetano sursauta, bien que l'évêque énonçât de semblables vérités plus souvent qu'il n'eût été naturel.

« Je pensais au vulgaire, qui peut voir dans cette éclipse l'origine de ses maux. »

L'évêque hocha la tête sans détourner les yeux du ciel.

« Qui sait s'il n'a pas raison ? dit-il. Les énigmes du Seigneur sont difficiles à percer.

— Ce phénomène a été calculé il y a des milliers d'années par les astronomes assyriens, dit Delaura.

— Voilà bien une remarque de jésuite », rétorqua l'évêque.

Cayetano continua de fixer le soleil à l'œil nu, par pure distraction. A deux heures et douze minutes, ce n'était plus qu'un disque noir, parfait, et l'espace d'un instant il fut minuit en plein jour. Puis l'éclipse retrouva sa nature profane et les coqs chantèrent le point du jour. Lorsque Delaura baissa les paupières, la médaille de feu demeura sur sa rétine.

« Je continue de voir l'éclipse, dit-il, amusé. Elle est là, partout. »

L'évêque décréta le spectacle terminé. « Dans quelques heures tu ne sentiras plus rien », dit-il. Puis il s'étira, assis dans le hamac, bâilla et rendit grâces à Dieu pour le jour nouveau.

Delaura reprit le fil du dialogue.

« Mon père, dit-il, avec tout le respect que je vous dois, je ne crois pas que cette créature soit possédée. »

Cette fois, l'évêque s'inquiéta pour de bon.

« Pourquoi dis-tu cela ?

— Je crois qu'elle n'est que terrorisée.

— Ce ne sont pourtant pas les preuves qui nous manquent, dit l'évêque. Ou alors, c'est que tu n'as pas lu les procès-verbaux. »

Delaura les avait étudiés à fond et il en avait tiré plus de renseignements sur la mentalité de l'abbesse que sur l'état de Sierva María. Tout ce que la petite avait touché et tous les endroits où elle s'était tenue au matin de son arrivée avaient été exorcisés. On avait imposé abstinences et purifications à ceux qui s'étaient trouvés en contact avec elle. La novice qui lui avait volé sa bague le premier jour avait été condamnée à des travaux forcés dans le potager. On racontait que la petite s'était plu à dépecer un bouc après l'avoir égorgé de ses mains, et qu'elle avait mangé les testicules et les yeux épicés comme du feu. Elle affichait un don des langues qui lui permettait de s'entendre avec les Africains de toutes nations mieux que ceux-ci ne s'entendent entre eux, ou avec les bêtes de tout poil. Le lendemain de son arrivée, les onze perroquets captifs qui, depuis vingt ans, égayaient le jardin avaient été découverts morts sans cause apparente. Elle avait envoûté les domestiques par des chansons démoniaques qu'elle chantait en prenant des voix autres que la sienne. Et lorsqu'elle avait su que l'abbesse la cherchait, elle s'était rendue invisible à ses yeux.

« Pourtant, dit Delaura, il me semble que ce qui nous paraît démoniaque n'est autre que les coutumes des Noirs, que la petite a acquises dans l'abandon où l'ont laissée ses parents.

— Attention ! avertit l'évêque. L'Ennemi tire un profit plus grand de notre intelligence que de nos méprises.

— Cependant, le plus beau cadeau que nous pourrions lui faire serait d'exorciser une créature innocente. »

L'évêque se hérissa.

« Dois-je comprendre que tu te rebelles ?

— Vous devez comprendre que j'ai mes réserves, mon père, répondit Delaura. Néanmoins, j'obéis en toute humilité. »

Il retourna donc au couvent sans avoir convaincu l'évêque. Suivant le conseil de son médecin, il portait sur l'œil gauche un bandeau noir de borgne en attendant que l'impression du soleil s'efface de sa rétine. Il sentit des regards qui le suivaient à travers le jardin et le long des couloirs menant au pavillon de la prison, mais personne ne lui adressa la parole. Toute l'atmosphère était, après l'éclipse, comme en convalescence.

Quand la gardienne ouvrit la cellule de Sierva María, Delaura sentit son cœur se déchirer et c'est à peine s'il put se soutenir. A seule fin de sonder l'humeur de la petite ce matin-là, il lui demanda si elle avait vu l'éclipse. Elle répondit que oui, de la terrasse, et ne comprit pas pourquoi il avait un cache sur l'œil puisqu'elle-même avait contemplé le soleil à l'œil nu et se portait à merveille. Elle lui raconta que les nonnes s'étaient agenouillées et que le couvent était resté paralysé jusqu'au premier chant des coqs. Pourtant, elle n'avait rien trouvé là d'extraordinaire.

« J'ai vu ce qu'on voit toutes les nuits », dit-elle.

Quelque chose en elle avait changé, que Delaura ne pouvait définir et dont le symptôme le plus visible était un nuage de tristesse. Il ne se trompait pas. A peine avait-il commencé les soins que la petite le fixa d'un regard anxieux et dit d'une voix tremblante :

« Je vais mourir. »

Delaura frissonna.

« Qui t'a dit cela ?

— Martina.

— Tu l'as vue ? »

Sierva María lui raconta qu'elle était venue deux fois dans la cellule pour lui apprendre à broder et qu'elle avait regardé l'éclipse en sa compagnie. Elle lui dit aussi qu'elle était douce et bonne, et que l'abbesse avait permis que les leçons de broderie eussent lieu sur la terrasse pour qu'elle pût voir le soleil se coucher dans la mer.

« Ah, dit-il sans sourciller. Et t'a-t-elle dit quand tu mourrais ? »

La petite affirma, lèvres serrées pour ne pas pleurer :

« Après l'éclipse.

— Après l'éclipse ce peut être dans cent ans », dit Delaura.

Mais il dut mettre toute son attention à panser ses blessures afin qu'elle ne remarquât pas combien sa gorge était nouée. Sierva María se tut. Intrigué par son silence, il regarda son visage et vit que ses yeux étaient humides.

« J'ai peur », dit-elle.

Elle se jeta sur le lit et fondit en longs pleurs mêlés de plaintes. Il s'assit tout près d'elle et la réconforta avec des palliatifs de confesseur. Sierva María comprit alors que Cayetano n'était pas son médecin mais son exorciste.

« Dans ce cas, pourquoi me soigner ? » demanda-t-elle.

La voix de Delaura trembla d'émotion :

« Parce que je t'aime beaucoup. »

Elle fut insensible à son audace.

En partant, Delaura s'arrêta devant la cellule de Martina. La voyant pour la première fois de près, il remarqua qu'elle avait le visage grêlé, le crâne pelé, le nez trop grand et des dents de rat. Mais son pouvoir de séduction était un fluide si tangible qu'il s'imposait d'emblée. Delaura préféra demeurer sur le seuil pour lui adresser la parole.

« Cette pauvre enfant n'a que trop de motifs

120

d'avoir peur, dit-il. Je vous demande de ne pas lui en donner d'autres. »

Martina était déconcertée. Jamais elle n'aurait eu l'idée de prédire à quiconque le jour de sa mort, et moins encore à une petite fille aussi délicieuse et sans défense. Elle n'avait fait que l'interroger et à trois ou quatre de ses réponses, elle s'était rendu compte qu'elle mentait par plaisir. Le sérieux avec lequel Martina lui parla suffit à Delaura pour comprendre qu'à lui aussi Sierva María avait menti. Il lui demanda pardon pour sa légèreté et la pria de ne pas réprimander la petite.

« Moi seul sais ce qu'il faut faire », conclut-il.

Martina le prit à ses sortilèges. « Je sais qui est votre seigneurie, dit-elle, et je sais aussi qu'elle a toujours fort bien su ce qu'elle fait. » Mais Delaura avait une aile brisée parce qu'il venait de comprendre que Sierva María, dans la solitude de la cellule, n'avait eu besoin de l'aide de personne pour sentir se couler en elle la peur de la mort.

En milieu de semaine, la mère Josefa Miranda fit parvenir à l'évêque un mémoire dénonciatif écrit de sa main. Elle demandait qu'on exemptât les clarisses de la tutelle de Sierva María, qu'elle considérait comme un châtiment tardif pour des fautes déjà trop cher payées. Elle dressait une nouvelle liste d'événements extraordinaires consignés dans les procès-verbaux, et que seul un commerce éhonté de la petite avec le diable pouvait expliquer. Elle terminait par une protestation véhémente contre la prépotence, le comportement de franc penseur, l'animosité personnelle de Cayetano Delaura à son endroit et contre le fait qu'il apportât de la nourriture au couvent en violation de la règle.

Delaura était à peine rentré que l'évêque lui montra le mémoire. Il le lut debout, sans qu'un muscle de son visage frémît. Puis il laissa éclater sa fureur.

« Si quelqu'un est possédé de tous les démons, c'est bien Josefa Miranda, dit-il. Démons de la rancœur, de l'intolérance, de l'imbécillité. Elle est exécrable ! »

Sa virulence suffoqua l'évêque. Delaura le remarqua et tenta de s'expliquer avec plus de calme.

« Je veux dire qu'elle attribue tant de pouvoirs aux forces du mal, qu'on pourrait la croire dévote à Satan.

— Ma charge m'interdit d'être d'accord avec toi, dit l'évêque. Mais j'aimerais pouvoir l'être. »

Il le blâma des excès qu'il avait pu commettre et l'exhorta à la patience pour supporter le caractère fâcheux de l'abbesse. « Les Evangiles sont pleins de femmes comme elle, aux défauts encore plus grands, dit-il. Jésus, pourtant, les a glorifiées. » Il ne put continuer car un coup de tonnerre retentit soudain dans la maison et s'enfuit en grondant sur la mer, cependant qu'une averse biblique les isolait du reste du monde. L'évêque s'assit dans la berceuse et s'abîma dans la nostalgie.

« Nous sommes si loin, soupira-t-il.

— Loin de quoi ?

— De nous-mêmes, dit l'évêque. Te semble-t-il juste qu'il faille attendre jusqu'à un an pour apprendre qu'on est orphelin ? » Comme il ne recevait pas de réponse, il épancha ses regrets :

« La seule idée qu'en Espagne la nuit soit déjà passée me remplit de terreur.

— Nous ne pouvons arrêter la rotation de la terre, dit Delaura.

— Mais nous pourrions l'ignorer afin qu'elle ne nous fasse pas souffrir, dit l'évêque. Ce n'est pas tant la foi que du cœur qui manquait à Galilée. »

Delaura connaissait les crises qui tourmentaient l'évêque en ses nuits de pluies mélancoliques depuis que la vieillesse l'assiégeait. Il ne pouvait alors que le distraire de sa bile noire en attendant qu'il cédât au sommeil.

A la fin du mois, un ban annonça l'arrivée imminente du nouveau vice-roi, don Rodrigo de Buen Lozano, en route vers son palais de Santa Fe. Il était accompagné d'une suite d'auditeurs et de fonctionnaires, de ses domestiques, de ses médecins personnels, et d'un quatuor à cordes, dont la reine lui avait fait présent pour tromper le marasme des Indes. La vice-reine, parente éloignée de l'abbesse, avait demandé à être logée au couvent.

La calcination de la chaux vive, les vapeurs de goudron, le tourment des coups de marteau et les blasphèmes des gens de toute condition qui envahirent la maison et même la clôture, reléguèrent Sierva María à l'oubli. Un échafaudage s'écroula dans un fracas infernal, un maçon mourut et sept ouvriers furent blessés. L'abbesse attribua ce désastre aux pouvoirs maléfiques de Sierva María et, profitant de cette occasion inattendue, elle insista pour qu'on l'envoyât dans un autre couvent, le temps des festivités. Cette fois, son argument majeur fut que la présence d'une énergumène n'était pas recommandée pour la vice-reine. L'évêque ne lui répondit pas.

Don Rodrigo de Buen Lozano, un Asturien d'âge mûr et de belle apparence, champion de pelote basque et de tir à la perdrix, compensait par son esprit les vingt-deux années qu'il avait de plus que son épouse. Il riait à gorge déployée, y compris de lui-même, et ne perdait pas une occasion d'en donner la preuve. Aux premières brises des Caraïbes, aux premiers parfums de goyave mûre, aux premiers battements des tambours dans la nuit, il se débarrassa de ses atours printaniers et se mit à flâner dépoitraillé d'un petit groupe de dames à l'autre. Il débarqua en manches de chemise, sans discours ni salves de bombardes. En son honneur et malgré l'interdiction de l'évêque, on autorisa bals, foires et farandoles, et en rase campagne des courses de taureaux et des combats de coqs.

La vice-reine était encore une adolescente, vive et quelque peu espiègle, et son arrivée dans le couvent fut comme un tourbillon de fraîcheur. Il n'y avait de recoin qu'elle n'examinât, ni de problème qu'elle n'écoutât, ni rien de bon qu'elle ne désirât rendre meilleur. En parcourant le couvent elle voulut tout connaître et tout savoir avec un enthousiasme candide. Au point que l'abbesse crut prudent de lui épargner la mauvaise impression de la prison.

« Ça ne vaut pas la peine, dit-elle. Il n'y a que deux recluses dont l'une est possédée du démon. »

Ces mots suffirent à éveiller l'intérêt de la vice-reine. Peu lui importait que les cellules n'eussent pas été préparées ni les recluses prévenues. La porte à peine ouverte, Martina Laborde se jeta à ses pieds en implorant son pardon.

Après une évasion manquée et une autre réussie, il semblait difficile à obtenir. Elle avait tenté la première six ans auparavant, par la terrasse qui surplombait la mer, en compagnie de trois nonnes condamnées pour divers délits à différentes peines. L'une d'elles était parvenue à s'enfuir. Les fenêtres furent alors fermées et le patio sous la terrasse fortifié. L'année suivante, les trois autres ligotèrent la gardienne qui, à cette époque, dormait dans le pavillon de la prison, et s'échappèrent par l'une des portes de service. Les parents de Martina, en accord avec leur confesseur, ramenèrent leur fille au couvent. Depuis quatre longues années elle était l'unique prisonnière, et n'avait droit à aucune visite, ni au parloir ni à la messe du dimanche dans la chapelle. Si bien que tout pardon semblait impossible. Pourtant, la vice-reine promit d'intercéder en sa faveur auprès de son époux.

Dans la cellule de Sierva María, l'air était encore saturé de l'âcre odeur de chaux vive et de relent de goudron, mais un ordre nouveau régnait. Dès que la gardienne eut poussé la porte, la vice-reine sentit un souffle glacial l'envoûter. Sierva María, vêtue de sa tunique râpée et de ses pantoufles sales, cousait assise dans un coin, nimbée de sa propre lumière. Elle ne leva les yeux qu'après que la vice-reine l'eut saluée. Celle-ci perçut dans son regard la force irrépressible d'une révélation. « Doux Jésus », murmura-t-elle en faisant un pas dans la cellule. L'abbesse la saisit par le bras.

« Attention, lui dit-elle à l'oreille, c'est une vraie tigresse. »

La vice-reine demeura sur le seuil mais la seule vue de Sierva María la décida à se consacrer à sa rédemption.

Le gouverneur de la ville, un célibataire volage, offrit au vice-roi un déjeuner entre hommes. Le quatuor à cordes espagnol joua de la musique, suivi par un ensemble de *gaitas* et de tambours de San Jacinto, et dans les rues on dansa et on organisa des mascarades de Noirs, parodies impudentes des bals donnés par les Blancs. Au dessert, un rideau se leva au fond de la salle et découvrit l'esclave abyssinienne que le gouverneur avait payée le prix de son poids en or. Elle était vêtue d'une tunique presque transparente qui accusait sa périlleuse nudité. Après s'être exhibée de près aux gentilshommes ordinaires, elle s'arrêta devant le vice-roi et la tunique glissa le long de son corps jusqu'à ses pieds.

Sa perfection était affolante. L'épaule n'avait pas été profanée par le fer d'argent du négrier, ni le dos par l'initiale de son premier maître, et tout en elle exhalait une volupté secrète. Le vice-roi blêmit, retint son souffle, et d'un geste de la main effaça de sa mémoire l'insupportable vision.

« Emmenez-la, pour l'amour de Notre Seigneur, ordonna-t-il. De ma vie je ne veux la revoir. »

Pour se venger, peut-être, de la frivolité du gouverneur, la vice-reine présenta Sierva María au souper que l'abbesse leur offrit dans ses appartements privés. Martina Laborde les avait prévenus : « Laissez-lui ses colliers et ses bracelets, et vous verrez qu'elle se conduira bien. » En effet. On la vêtit de la robe ancestrale dans laquelle elle était arrivée au couvent, on lava et coiffa sa chevelure pour qu'elle retombât en traîne, et la vice-reine la conduisit elle-même par la main à la table de son époux. Tous, même l'abbesse, furent stupéfaits de sa prestance, de l'éclat de sa personne, du prodige de sa chevelure. La vice-reine murmura à l'oreille de son époux :

« Elle est possédée du démon. »

Le vice-roi refusa de le croire. A Burgos, il avait vu une énergumène qui avait déféqué toute une nuit, rembougeant la pièce sans trêve. Afin d'éviter à Sierva María un pareil sort, il la confia à ses médecins. Ceux-ci confirmèrent qu'elle ne présentait aucun symptôme de rage et s'accordèrent avec Abrenuncio pour dire qu'il était peu probable qu'elle l'eût contractée. Toutefois, nul ne se crut autorisé à douter qu'elle fût possédée.

L'évêque profita de la fête pour réfléchir au mémoire de l'abbesse et à la destinée de Sierva María. Cayetano Delaura, de son côté, entreprit la purification précédant l'exorcisme et s'enferma dans la bibliothèque à la cassave et à l'eau. Il n'y parvint pas. Il passa des nuits à délirer et des jours à veiller, écrivant des vers débridés qui seuls pouvaient calmer les feux de son corps.

Quand la bibliothèque fut démantelée, environ un siècle plus tard, on retrouva quelques-uns de ses poèmes dans une liasse de feuillets à peine déchiffrables. Le premier et le seul lisible en entier était une évocation de lui-même à l'âge de douze ans, assis sur une malle d'étudiant, dans la cour empierrée du séminaire d'Avila, sous une petite bruine printanière. Il venait d'arriver de Tolède après un voyage de plusieurs jours à dos de mule, dans un vêtement de son père retaillé à ses mesures, et avec la malle deux fois plus lourde que lui car sa mère y avait mis tout ce qu'il fallait pour survivre avec dignité jusqu'à la fin du noviciat. Le concierge l'aida à la porter au centre de la cour et l'abandonna à son sort sous le crachin.

« Monte-la au troisième étage, lui dit-il. Là-haut on t'indiquera ta place dans le dortoir. »

Un instant plus tard, tout le séminaire était aux balcons, attendant de voir ce qu'il ferait de la malle, comme s'il était l'unique personnage d'une pièce de théâtre qu'il eût été le seul à ne pas connaître. Lorsqu'il comprit que personne ne lui viendrait en aide, il ôta de la malle les objets qu'il pouvait porter à mains nues, et gravit les trois étages par le rude escalier de pierre taillé dans le roc. L'appariteur lui montra sa place dans l'une des deux rangées de lits du dortoir des novices. Cayetano posa ses effets sur le lit, redescendit dans la cour et remonta à quatre reprises jusqu'à ce qu'il eût terminé. Enfin, il saisit la malle vide par la poignée et la hissa dans l'escalier.

Les maîtres et les élèves le regardaient du haut des balcons sans se retourner lorsqu'il atteignait les étages. Mais le père recteur l'attendit sur le palier du troisième quand il eut monté la malle, et donna le signal des applaudissements. Ils furent suivis d'une ovation. Cayetano sut alors qu'il avait répondu avec usure au premier rite initiatique du séminaire, lequel consistait à monter sa malle jusqu'au dortoir sans poser de questions et sans l'aide de personne. Sa vive intelligence, ses bonnes manières et sa force de caractère furent données en exemple au noviciat.

Cependant, le souvenir qui devait le marquer au plus profond fut sa conversation le soir même avec le recteur. Celui-ci l'avait convoqué dans son cabinet pour l'entretenir du seul livre que l'on avait trouvé dans la malle, décousu, incomplet, sans reliure, tel que Delaura l'avait déniché par hasard dans un tiroir de son père. Il l'avait lu autant que le lui avaient permis ses nuits de voyage, et il avait hâte d'en connaître la fin. Le père recteur voulait prendre son avis.

« J'en aurai un ma lecture achevée », dit-il.

Le recteur, avec un sourire de soulagement, mit le livre sous clé.

« Tu ne l'achèveras jamais. Ce livre est interdit. »

Vingt-quatre ans plus tard, dans la bibliothèque ombreuse de l'évêché, il s'aperçut qu'il avait lu tous les livres qui étaient passés entre ses mains, autorisés ou non, sauf celui-ci. Il frissonna au sentiment qu'une vie tout entière s'achevait ce jour-là. Une autre, imprévisible, commençait.

Au huitième jour de jeûne, il entamait les prières du soir quand on vint l'informer que l'évêque l'attendait dans la salle pour recevoir le vice-roi. La visite était imprévue, même pour le vice-roi, qui en avait eu l'idée intempestive pendant sa première promenade en ville. Il dut demeurer sur la terrasse fleurie à contempler les toits, tandis que l'on faisait mander d'urgence les fonctionnaires les plus proches et que l'on mettait un peu d'ordre dans la salle.

L'évêque le reçut avec six clercs de son état-major. A sa droite, il fit asseoir Cayetano Delaura dont il déclina le nom complet sans préciser son titre. Avant d'engager la conversation, le vice-roi promena un regard de commisération sur les murs décrépits, les rideaux déchirés, le piètre mobilier artisanal, les clercs trempés de sueur dans leurs habits d'indigents. Piqué au vif, l'évêque dit : « Nous sommes les fils du charpentier Joseph. » Le vice-roi eut un geste de compréhension et se lança dans le récit de ses impressions de la première semaine. Il parla de ses mirifiques projets pour accroître le commerce avec les Antilles anglaises une fois refermées les blessures de la guerre, vanta les mérites de l'intervention de l'Etat dans l'éducation et se dit prêt à encourager les arts et les lettres afin de mettre ces faubourgs coloniaux au rang du monde.

« Les temps sont à la rénovation », affirma-t-il.

L'évêque constata une fois de plus combien l'exercice du pouvoir temporel est simple. Sans le regarder, il désigna Delaura d'un doigt tremblant et dit au vice-roi :

« Ici, la personne instruite de ces nouveautés est le père Cayetano. »

Le vice-roi suivit la direction montrée par l'index, et son regard se heurta au visage lointain et aux yeux ébahis qui l'observaient sans ciller. Il demanda à Delaura avec un réel intérêt :

« Avez-vous lu Leibniz ?

— Oui, Excellence, répondit Delaura, et il précisa aussitôt : En raison de ma charge. »

La fin de la visite mit en évidence l'intérêt majeur que le vice-roi portait à la situation de Sierva María. Pour son bien, expliqua-t-il, et pour la tranquillité de l'abbesse, dont la tribulation l'avait ému.

« Nous manquons encore de preuves formelles, mais les procès-verbaux du couvent nous disent que cette pauvre enfant est possédée, dit l'évêque. L'abbesse le sait mieux que nous.

— Elle croit que vous êtes tombés dans un piège de Satan, dit le vice-roi.

— Nous et l'Espagne tout entière, répliqua l'évêque. Nous avons traversé la mer océane pour imposer la loi du Christ et nous y sommes parvenus dans les messes, les processions, les fêtes patronales. Mais nous n'avons pu l'imposer dans les âmes. »

Il parla du Yucatán, où l'on avait bâti de somptueuses cathédrales afin de dissimuler les pyramides païennes, sans se rendre compte que les aborigènes accouraient à la messe parce que sous les autels d'argent leurs sanctuaires demeuraient vivants. Il parla du margouillis de sang où l'on pataugeait depuis la conquête : sang d'Espagnols, et sang d'Indiens, sang de ceux-ci et de ceux-là mêlés à du sang de Noirs de tout acabit et même de Mandingues musulmanes, et il se demandait si semblable pagaille trouverait place au royaume de Dieu. Malgré sa respiration entrecoupée et sa petite toux de vieillard, il conclut sans accorder de répit au vice-roi :

« Qu'est-ce que tout cela sinon des ruses de l'Ennemi ? »

Le vice-roi était blême.

« Le désenchantement de Votre Illustrissime Seigneurie est des plus graves, dit-il.

— Que Votre Excellence ne l'entende pas ainsi, dit l'évêque d'un ton enjoué. Je désire montrer dans son évidence la force avec laquelle nous devons planter la foi si nous voulons rendre ces peuples dignes de notre immolation. »

Le vice-roi revint au sujet.

« Si j'ai bien compris, les objections de l'abbesse sont d'ordre pratique, dit-il. Elle pense que d'autres couvents seraient peut-être plus appropriés à un cas si difficile.

— Votre Excellence doit savoir que si nous avons choisi Santa Clara sans hésiter, c'est en raison de l'intégrité, de l'efficacité et de l'autorité de Josefa Miranda, dit l'évêque. Et Dieu sait que la raison nous éclaire.

— Je me permettrai d'en faire part à l'abbesse, dit le vice-roi.

— Elle ne le sait que trop, dit l'évêque. Ce qui m'inquiète c'est qu'elle se refuse à l'admettre. »

En prononçant ces mots, il sentit les prémices d'une crise d'asthme imminente et se hâta de mettre fin à la visite. Il déclara qu'il devait examiner le mémoire dénonciatif de l'abbesse et promit d'y répondre dans l'amour pastoral le plus fervent dès que sa santé lui accorderait quelque répit. Le vice-roi l'en remercia et prit congé avec une courtoisie appuyée. Lui aussi souffrait d'un asthme persistant, et il mit ses médecins à disposition de l'évêque. Celui-ci ne le jugea pas nécessaire.

« Ma vie est entre les mains de Dieu, dit-il. J'ai l'âge auquel la Vierge est morte. »

Les adieux, cérémonieux, traînèrent en longueur au contraire des salutations de bienvenue. Trois clercs, et parmi eux Delaura, raccompagnèrent en silence le vice-roi par les corridors lugubres jusqu'à la porte principale. La garde vice-royale tenait les mendiants à distance derrière une haie de hallebardes croisées. Avant de monter dans le carrosse, le vice-roi se tourna vers Delaura, tendit vers lui un doigt implacable et dit :

« Ne permets pas que je t'oublie. »

Ce fut une phrase à ce point énigmatique et inattendue que Delaura ne put que répondre par une révérence.

Le vice-roi alla au couvent afin de rendre compte à l'abbesse des résultats de l'entretien. Quelques heures plus tard, un pied à l'étrier et en dépit des instances de la vice-reine, il refusa de gracier Martina Laborde, car cela lui parut un précédent fâcheux compte tenu des nombreux coupables de crimes de lèse-majesté humaine qu'il avait rencontrés dans les prisons.

L'évêque, le haut du corps penché en avant, essayait d'apaiser les yeux fermés sa respiration sibilante en attendant le retour de Delaura. Les clercs s'étaient retirés sur la pointe des pieds, et la salle était dans la pénombre. L'évêque regarda autour de lui, vit les chaises vides alignées contre le mur et Cayetano seul au milieu de la pièce. Il lui demanda à voix très basse :

« Avons-nous jamais vu un homme aussi bon ? »

Delaura répondit d'un geste ambigu. L'évêque se redressa avec difficulté et demeura appuyé aux bras du fauteuil jusqu'à ce qu'il eût maîtrisé sa respiration. Il ne voulut pas souper. Delaura s'empressa d'allumer une chandelle pour éclairer ses pas jusqu'à la chambre.

« Nous nous sommes fort mal conduits envers le vice-roi, dit l'évêque.

— Y avait-il une raison pour bien nous conduire ? demanda Delaura. On ne frappe pas à la porte d'un évêque sans s'être fait annoncer. »

L'évêque n'était pas de cet avis et le fit savoir avec beaucoup de vigueur. « Ma porte est celle de l'Eglise, dit-il, et il s'est conduit comme un chrétien de jadis. L'impertinent c'est moi, à cause de ce mal de poitrine, et je lui dois réparation. » A la porte de la chambre, il changea de ton et de sujet et renvoya Delaura d'une petite tape familière sur l'épaule.

« Prie pour moi cette nuit, dit-il. Je crains qu'elle ne soit très longue. »

En vérité, il crut mourir de la crise d'asthme pressentie durant la visite. Le vomitif de tartrate ne lui apporta aucun soulagement non plus que d'autres remèdes palliatifs, et il fallut le saigner d'urgence. A l'aube, il avait recouvré sa bonne humeur.

Cayetano, qui veillait dans la bibliothèque voisine, ne s'était aperçu de rien. Il commençait ses prières du matin lorsqu'on vint lui annoncer que l'évêque l'attendait dans la chambre. Il le trouva qui prenait au lit un petit déjeuner composé d'un bol de chocolat, de pain et de fromage, et qui respirait d'un souffle nouveau, l'esprit exalté.

Cayetano comprit au premier regard que ses résolutions étaient prises.

En effet. Contre les requêtes de l'abbesse, Sierva María resterait à Santa Clara, et le père Cayetano Delaura continuerait à avoir charge de son âme avec la confiance pleine et entière de l'évêque. Elle ne serait plus soumise au régime de la prison, comme jusqu'à présent, et devrait bénéficier de tous les privilèges accordés à la population du couvent. L'évêque avait apprécié les procès-verbaux, mais leur manque de rigueur nuisait à la clarté de l'enquête, de sorte que l'exorciste était libre d'agir à sa guise. Enfin, il enjoignit à Delaura de se rendre en son nom chez le marquis et lui donna pouvoir de trancher toute difficulté, en attendant que sa santé et son emploi du temps lui permettent de le recevoir en audience.

« Il n'y aura pas d'autres instructions, dit l'évêque pour conclure. Que Dieu te bénisse. »

Cayetano courut au couvent le cœur en rébellion, mais ne trouva pas Sierva María dans la cellule. Elle était dans la salle des cérémonies, parée d'authentiques bijoux, la chevelure éparse à ses pieds, et posait avec son exquise dignité de Noire pour un célèbre portraitiste de la suite du vice-roi. Elle obéissait à l'artiste avec une compréhension non moins admirable que sa beauté. Cayetano tomba en extase. Assis dans l'ombre, il la voyait sans qu'elle le vît, et il eut tout le temps de dissiper les moindres doutes du cœur.

A none, le portrait était achevé. Le peintre l'examina à distance, donna deux ou trois légers coups de pinceau et, avant de signer, demanda à Sierva María de le regarder. Debout sur un nuage, entourée d'une cour de démons soumis, c'était elle trait pour trait. Elle contempla la toile tout à loisir, se reconnut dans la splendeur de ses douze ans, et dit :

« C'est comme un miroir.

— Les démons aussi ? demanda le peintre.

— C'est tout à fait eux », répondit-elle.

La pose terminée, Cayetano la reconduisit dans la cellule. Il ne l'avait jamais vue marcher, et elle évoluait comme elle dansait, avec grâce et aisance. Il ne l'avait jamais vue dans d'autres vêtements que le balandras de recluse, et cette toilette de reine lui donnait une élégance et un âge qui lui révélèrent à quel point elle était déjà femme. Ils n'avaient jamais marché ensemble, et l'innocence de leur harmonie l'enchanta.

La cellule était transformée grâce au pouvoir de persuasion des vice-rois qui, au cours de leur visite d'adieu, avaient rangé l'abbesse aux bonnes raisons de l'évêque. Le matelas était neuf, avec des draps de lin et des oreillers de plume, et l'on avait disposé des objets pour la toilette quotidienne et le bain de propreté. L'éclat de la mer entrait par la lucarne désormais sans croisillons et resplendissait sur les murs chaulés de frais. Comme la nourriture était celle de la clôture, il n'était plus nécessaire de rien apporter du dehors, mais Delaura s'arrangeait toujours pour passer à la dérobée quelque friandise de la Porte des Marchands.

Sierva María lui offrit de partager son goûter, et Delaura se contenta d'un des biscuits qui faisaient la renommée des clarisses. Pendant qu'ils mangeaient, elle eut cette phrase fortuite :

« J'ai vu la neige. »

Cayetano resta calme. On racontait qu'autrefois un vice-roi avait voulu apporter de la neige des Pyrénées pour la montrer aux aborigènes, car il ignorait qu'ici nous en avons presque dans la mer, sur la Sierra Nevada de Santa Marta. Don Rodrigo de Buen Lozano, ami des nouveautés, avait peut-être accompli cette prouesse.

« Non, dit la petite. C'était en rêve. »

Elle le lui raconta : assise à une fenêtre, elle regardait la neige tomber à gros flocons et mangeait un à un les grains d'une grappe de raisin posée sur ses genoux. Delaura sentit frémir les ailes de l'épouvante. Tremblant d'avance à l'idée de l'ultime réponse, il se risqua à lui demander :

« Et la fin ?

— J'ai peur de vous la raconter », dit Sierva María.

Delaura n'eut pas besoin d'en entendre plus. Il ferma les yeux et pria pour elle. Quand il eut terminé, il était un autre.

« Ne t'inquiète pas, lui dit-il. Je te promets que très bientôt tu seras libre et heureuse, par la grâce de l'Esprit Saint. »

Bernarda ignorait encore que Sierva María était au couvent. Elle l'apprit par hasard, ou presque, un soir où elle surprit Dulce Olivia qui balayait et rangeait la maison, et la prit pour une de ses visions. Elle entreprit de fouiller la demeure pièce par pièce en quête d'une explication rationnelle et, ce faisant, s'aperçut qu'elle n'avait pas vu Sierva María depuis longtemps.

Caridad del Cobre lui raconta ce qu'elle savait :
« Monsieur le marquis nous a dit qu'elle était partie très loin et qu'on ne la reverrait plus. » Comme il y avait de la lumière dans la chambre de son époux, Bernarda entra sans frapper.

Il était éveillé dans le hamac, au milieu de la fumée des bouses qui brûlaient à petit feu pour chasser les moustiques. Il vit l'étrange femme transfigurée par le peignoir de soie et crut lui aussi à une apparition, car elle était pâle et flétrie et semblait revenir de très loin. Bernarda s'enquit de Sierva María.

« Elle nous a quittés depuis plusieurs jours », dit-il.

Bernarda entendit le pire et dut s'asseoir sur le premier fauteuil qu'elle trouva afin de reprendre souffle.

« Cela veut dire qu'Abrenuncio a fait ce qu'il devait faire », dit-elle.

Le marquis se signa :

« Dieu nous en garde ! »

Il lui dit la vérité et prit la peine de lui expliquer que, sur le moment, il ne l'avait informée de rien parce qu'il voulait agir, ainsi qu'elle le souhaitait, comme si la petite fût morte. Bernarda l'écouta sans ciller avec une attention qu'elle ne lui avait jamais portée en douze ans de pitoyable vie commune.

« Je savais que cela me coûterait la vie, dit le marquis, mais c'était la sienne au prix de la mienne. »

Bernarda soupira : « Ce qui veut dire qu'à présent notre honte est publique. » Elle vit scintiller une larme entre les paupières de son époux, et un tremblement gagna ses entrailles. Cette fois, ce n'était pas la mort mais la certitude inéluctable de ce qui, tôt ou tard, devait arriver. Elle ne se trompait pas. Rassemblant ses dernières forces, le marquis se leva, s'écroula à ses pieds et laissa éclater d'âpres sanglots de vieillard impuissant. Bernarda capitula sous le feu de ces larmes d'homme qui coulaient sur ses cuisses à travers la soie. Elle avoua, malgré la haine que lui inspirait Sierva María, qu'elle était soulagée de la savoir vivante.

« J'ai toujours tout accepté, sauf la mort », dit-elle.

Elle retourna s'enfermer dans sa chambre, et quand elle en sortit au bout de deux semaines, repue de mélasse et de cacao, elle n'était plus qu'un cadavre ambulant. Très tôt, le marquis remarqua des préparatifs de voyage auxquels il ne prêta guère attention. Avant que le soleil ne se mît à briller, il vit Bernarda sortir par le portail du patio, montée sur une mule docile suivie d'une autre chargée de bagages. Maintes fois elle était ainsi partie, sans muletiers ni esclaves et sans prendre congé de personne ni donner aucune explication. Mais ce jour-là, le marquis sut qu'elle s'en allait pour ne plus jamais revenir parce qu'elle emportait, outre sa malle habituelle, les deux jarres pleines d'or pur restées enfouies sous le lit pendant des années.

Affalé dans le hamac, le marquis retomba dans la terreur d'être poignardé par les esclaves, et il leur interdit d'entrer dans la maison, même pendant la journée. Si bien que lorsque, sur ordre de l'évêque, Cayetano Delaura vint lui rendre visite, il dut pousser le portail et entrer sans avoir été invité à le faire, car personne n'avait répondu aux coups du heurtoir. Il avança malgré le charivari des molosses dans leurs cages. Le marquis faisait la sieste dans le verger, au creux du hamac, vêtu de sa djellaba de Sarrasin et du bonnet de Tolède, et couvert des pieds à la tête de fleurs d'oranger. Delaura le regarda sans l'éveiller, et ce fut comme s'il voyait Sierva María décrépite et anéantie par la solitude. Le marquis s'éveilla et mit un certain temps à le reconnaître à cause du bandeau sur l'œil. Delaura leva la main, doigts tendus, en signe de paix.

« Que Dieu vous garde, monsieur le marquis. Comment vous portez-vous ?

— Comme vous voyez, dit le marquis. Je sèche sur pied. »

Il écarta d'une main languide les fils d'araignée de la sieste et se redressa. Cayetano s'excusa d'être entré sans y avoir été invité. Le marquis lui expliqua que personne ne prêtait plus l'oreille au heurtoir, car on avait perdu l'habitude de recevoir des visites. Delaura déclara d'un ton solennel : « Monsieur l'évêque, très occupé et souffrant de son asthme, m'a chargé de le représenter. » Les formules d'usage prononcées, il s'assit près du hamac et parla sans plus attendre de l'affaire qui embrasait ses entrailles.

« Je désire vous faire savoir que j'ai charge du salut spirituel de votre fille. »

Le marquis l'en remercia et prit des nouvelles de la petite.

« Elle va bien, dit Delaura, mais je veux l'aider à mieux aller. »

140

Il lui expliqua la signification et la méthode des exorcismes. Il lui parla de Jésus, qui donna à ses disciples le pouvoir d'expulser des corps les esprits immondes et de guérir les malades et les faibles. Il lui raconta la leçon de l'Evangile à propos de Légion et des deux mille porcs endiablés. Cependant, il était primordial de déterminer si Sierva María était possédée ou non. Il pensait que non et pria le marquis de l'aider à lever tous les doutes. Mais, ajouta-t-il, il voulait d'abord savoir comment était la petite avant son arrivée au couvent.

« Je n'en sais rien, dit le marquis. J'ai le sentiment que plus je la connais moins je la connais. »

La faute de l'avoir abandonnée à son sort dans le patio des esclaves le tourmentait. C'est à cela qu'il attribuait ses silences qui pouvaient durer des mois, les explosions de violence irrationnelle, l'astuce avec laquelle elle dupait sa mère en attachant au cou des chats la clochette qu'elle portait au poignet. Mais l'obstacle majeur pour arriver à bien la connaître était sa manie de mentir par plaisir.

« Comme les Noirs, dit Delaura.

— Les Noirs nous disent des mensonges mais n'en disent pas entre eux », affirma le marquis.

Dans la chambre, Delaura distingua au premier regard l'invraisemblable bric-à-brac de la grand-mère, des objets nouveaux appartenant à Sierva María : poupées vivantes, danseuses mécaniques, boîtes à musique. Sur le lit, se trouvait le nécessaire de voyage tel que le marquis l'avait préparé pour emmener la petite au couvent. Le théorbe, couvert de poussière, était au rebut dans un coin. Le marquis expliqua qu'il s'agissait d'un instrument italien tombé en désuétude et il loua le talent avec lequel Sierva María en jouait. Il se mit à l'accorder d'une main distraite et finit par jouer de mémoire et même par fredonner la chanson qu'il chantait avec Sierva María.

Ce fut un instant de révélation. La musique apprit à Delaura ce que le marquis ne parvenait pas à lui dire de sa fille. Celui-ci, pour sa part, était à ce point ému qu'il ne put terminer la chanson.

« Vous ne pouvez savoir comme le chapeau lui seyait », soupira-t-il.

L'émotion gagna Delaura :

« Je vois que vous l'aimez beaucoup, dit-il.

— Vous ne pouvez savoir combien, dit le marquis. Je donnerais mon âme pour la voir. »

Delaura sentit une fois de plus que le Saint-Esprit s'appliquait à tout, jusqu'au plus petit détail.

« Rien n'est plus facile, dit-il, si nous pouvons prouver qu'elle n'est pas possédée.

— Parlez avec Abrenuncio, dit le marquis. Dès le début il a dit que Sierva María était saine, mais lui seul peut l'expliquer. »

Delaura comprit à quel dilemme il s'exposait. Abrenuncio serait sans doute providentiel, mais lui parler pouvait avoir des conséquences indésirables. Le marquis semblait lire dans ses pensées.

« C'est un grand homme », dit-il.

Delaura hocha la tête d'un air entendu.

« Je connais les dossiers du Saint-Office.

— Tout sacrifice sera encore trop peu pour la

retrouver », insista le marquis. Et comme Delaura se montrait impassible, il conclut :

« Je vous en prie, pour l'amour de Dieu. »

Delaura, le cœur pantelant, lui dit :

« Je vous supplie de ne pas me faire souffrir davantage. »

Le marquis n'insista pas. Il prit le nécessaire posé sur le lit et demanda à Delaura de le remettre à sa fille.

« Au moins, elle saura que je pense à elle. »

Delaura s'enfuit sans dire adieu. Il abrita le nécessaire sous sa cape et s'emmitoufla car il pleuvait à verse. Au bout d'un long moment, il s'aperçut qu'une voix en lui répétait les paroles de la chanson du théorbe. Il se mit à la chanter à voix haute, sous la pluie battante, et la reprit de mémoire jusqu'à la fin. Dans le quartier des artisans, il tourna à gauche de l'ermitage, chantant toujours, et frappa à la porte d'Abrenuncio.

Après un long silence, il entendit claudiquer, puis une voix à moitié endormie demanda :

« Qui est là ?

— La loi », répondit Delaura.

Ce fut le seul mot qui lui traversa l'esprit pour ne pas révéler son nom. Abrenuncio ouvrit la porte, croyant pour de bon que c'était des gens du gouverneur, et ne le reconnut pas. « Je suis le bibliothécaire du diocèse », dit Delaura. Le médecin s'effaça pour le laisser entrer dans le vestibule plongé dans la pénombre et l'aida à se débarrasser de sa cape trempée. Il lui demanda dans son latin très personnel :

« Dans quelle bataille avez-vous perdu l'œil ? »

Delaura lui conta en latin classique l'aventure

de l'éclipse et ne négligea aucun détail sur la persistance du mal, bien que le médecin de l'évêque l'eût assuré de l'infaillibilité du bandeau. Mais Abrenuncio n'entendit que la pureté de son latin.

« Il est d'une perfection absolue, dit-il, ébahi. Où l'avez-vous appris ?

— A Ávila, dit Delaura.

— Votre mérite n'en est que plus grand », dit Abrenuncio.

Il lui fit ôter la soutane et les sandales, les mit à sécher et lui tendit sa cape d'affranchi pour couvrir ses chausses crottées. Puis il enleva le bandeau et le jeta au panier. « Le seul défaut de cet œil, dit-il, c'est qu'il voit plus qu'il ne devrait. » Delaura était fasciné par la quantité de livres amoncelés dans la pièce. Abrenuncio s'en rendit compte et le conduisit à l'officine, où il y en avait davantage encore sur des étagères qui touchaient le plafond.

« Par l'Esprit Saint ! s'exclama Delaura. C'est la bibliothèque de Pétrarque.

— Avec quelque deux cents ouvrages de plus », dit Abrenuncio.

Il le laissa fureter à sa guise. Il y avait des exemplaires uniques qui, en Espagne, pouvaient coûter la prison. Delaura les reconnaissait, les feuilletait avec gourmandise et les reposait sur les étagères, la mort dans l'âme. A une place privilégiée, à côté de l'éternel *Fray Gerundio*, il trouva les œuvres complètes de Voltaire en français et une traduction latine des *Lettres philosophiques*.

« Voltaire en latin, c'est presque une hérésie », dit-il pour plaisanter.

Abrenuncio lui raconta qu'il avait été traduit

144

par un moine de Coimbra qui s'offrait le luxe de fabriquer des livres rares pour le délassement des pèlerins. Delaura le feuilletait quand le médecin lui demanda s'il savait le français.

« Je ne le parle pas, mais je le lis », dit Delaura en latin. Et il ajouta, sans fausse pudeur : « Ainsi que le grec, l'anglais, l'italien, le portugais et un peu d'allemand.

— Je vous pose cette question à propos de ce que vous avez dit de Voltaire, dit Abrenuncio. Sa prose est parfaite.

— Et pour nous, la plus cruelle, ajouta Delaura. Dommage qu'elle soit d'un Français.

— Vous dites cela parce que vous êtes espagnol, dit Abrenuncio.

— A mon âge, et après tant de mélanges de sangs, je ne sais plus très bien ce que je suis, dit Delaura. Ni même qui je suis.

— En ces royaumes, nul ne le sait, dit Abrenuncio. Et il faudra sans doute des siècles pour le savoir. »

Tout en parlant, Delaura continuait d'explorer la bibliothèque. Soudain, comme maintes fois, il se souvint du livre confisqué par le recteur du séminaire lorsqu'il avait douze ans et dont il avait gardé en mémoire un seul épisode, qu'il n'avait cessé depuis de raconter à quiconque pouvait être en mesure de l'aider.

« Vous souvenez-vous du titre ? demanda Abrenuncio.

— Je ne l'ai jamais su, dit Delaura. Et je donnerais n'importe quoi pour connaître la fin. »

Le médecin lui tendit sans préambule un ouvrage qu'il reconnut au premier coup d'œil.

C'était les quatre livres de l'*Amadis de Gaule* dans une ancienne édition sévillane. Delaura le parcourut, tremblant d'émotion, et comprit qu'il était à deux doigts de se damner.

« Savez-vous que ce livre est interdit ?

— De même que tous les grands romans de ces siècles derniers, dit Abrenuncio. A leur place, on imprime des traités à l'usage des savants. De nos jours, que liraient les pauvres s'ils ne lisaient en cachette les romans de chevalerie ?

— Il y en a d'autres, dit Delaura. Ici, on a lu cent exemplaires de l'édition princeps du *Don Quichotte*, l'année même où elle fut imprimée.

— On ne les a pas lus, dit Abrenuncio. Ils ont passé les douanes en direction d'autres royaumes. »

Delaura ne l'écoutait plus car il avait reconnu le magnifique exemplaire de l'*Amadis de Gaule*.

« Ce livre a disparu voici neuf ans de l'enfer de notre bibliothèque et nous n'en avions pas trouvé trace, dit-il.

— J'aurais dû y penser, dit Abrenuncio. Mais il y a d'autres motifs pour le considérer comme un exemplaire historique : pendant plus d'un an, il est passé de main en main, onze personnes au moins, et au moins trois d'entre elles sont mortes. J'ai la certitude qu'elles ont été victimes de quelque émanation inconnue.

— Mon devoir serait de vous dénoncer au Saint-Office », dit Delaura.

Abrenuncio crut à une plaisanterie.

« Ai-je commis une hérésie ?

— Vous avez gardé ici un livre étranger et interdit, et n'en avez pas fait état.

— Celui-ci et bien d'autres, dit Abrenuncio en désignant d'un large cercle du doigt les tablettes encombrées. Mais si tel était le motif de votre présence, vous seriez venu il y a bien longtemps et je ne vous aurais pas ouvert ma porte. » Il se retourna vers lui et conclut d'un ton enjoué : « En revanche, je me réjouis que vous soyez venu maintenant, et j'ai plaisir à vous voir chez moi.

— Le marquis, inquiet du sort de sa fille, m'a conseillé de vous rendre visite. »

Abrenuncio le fit asseoir en face de lui, et tous deux se laissèrent aller au vice de la conversation tandis qu'une tempête apocalyptique ouvrait les abîmes de la mer. Le médecin se lança dans un exposé intelligent et érudit sur l'histoire de la rage depuis les origines de l'humanité, sur ses ravages impunis et sur l'incapacité millénaire de la science médicale à les empêcher. Il cita des exemples lamentables pour montrer qu'on l'avait depuis toujours confondue, de même que certaines formes de folie et autres troubles de l'esprit, avec la possession démoniaque. Quant à Sierva María, au bout de tant de semaines, il semblait improbable qu'elle l'eût contractée. Le seul risque qu'elle encourait, conclut Abrenuncio, était de mourir, comme tant d'autres, de la cruauté des exorcismes.

Cette dernière phrase parut à Delaura une exagération caractéristique de la médecine médiévale, mais il ne la contredit pas car elle confortait ses présomptions théologiques selon lesquelles la petite n'était pas possédée. Il dit que les trois langues africaines, si différentes de l'espagnol et du portugais que parlait Sierva María, n'avaient en aucun cas la teneur satanique qu'on leur attribuait au couvent. De nombreux témoignages lui prêtaient une force physique remarquable, mais aucun d'eux ne l'imputait à un pouvoir surnaturel. Nul ne l'avait jamais vue s'élever au-dessus du sol ni pratiquer l'art de la divination, deux phénomènes admis aussi comme semi-preuves de sainteté. Delaura avait pourtant sollicité l'appui de congrégations insignes et de plusieurs communautés, mais aucune d'elles n'avait osé se prononcer contre les procès-verbaux du couvent ou s'opposer à la crédulité populaire. Il était conscient de ce que ni ses arguments ni ceux d'Abrenuncio ne convaincraient personne, et moins encore si tous deux s'accordaient.

« Nous serions vous et moi contre tous, dit-il.

— C'est pourquoi votre visite m'a étonné, dit Abrenuncio. Je ne suis qu'un gibier prisé sur les chasses gardées du Saint-Office.

— A vrai dire, je ne sais même pas pourquoi je suis venu, dit Delaura. A moins que le Saint-Esprit ne m'ait imposé cette créature pour éprouver la force de ma foi. »

Ces mots suffirent à libérer les soupirs qui l'étouffaient. Abrenuncio le regarda droit dans les yeux, sonda le fond de son âme et s'aperçut qu'il était au bord des larmes.

« Ne vous tourmentez pas en vain, lui dit-il d'un ton apaisant. Peut-être êtes-vous venu par simple besoin de parler d'elle. »

Delaura se sentit mis à nu. Il se leva, chercha le chemin de la porte et ne put prendre ses jambes à son cou parce qu'il était à demi vêtu. Abrenuncio l'aida à passer ses vêtements encore mouillés, tandis qu'il s'efforçait de différer son départ pour prolonger la conversation. « Avec vous, je pourrais bavarder jusqu'à la consommation des siècles », dit-il. Il tenta de le retenir en lui donnant un petit flacon de collyre transparent pour le guérir de la persistance de l'éclipse dans son œil, et le fit revenir sur ses pas pour prendre le nécessaire oublié quelque part dans la maison. Mais Delaura semblait être la proie d'une douleur mortelle. Il remercia le médecin de cet après-midi, de son aide, du collyre, et se laissa arracher la promesse de revenir un autre jour et de rester plus longtemps.

Il ne pouvait résister au désir de voir Sierva María. Sur le pas de la porte, c'est à peine s'il remarqua qu'il faisait nuit noire. Le ciel était sans nuages mais les égouts avaient débordé sous la violence de la tempête, et Delaura se précipita au milieu de la chaussée, de l'eau jusqu'aux chevilles. La sœur tourière voulut lui interdire l'entrée du couvent en raison de l'imminence du grand silence. Il l'écarta d'une poussée.

« Ordre de monsieur l'évêque. »

Sierva María s'éveilla apeurée et ne le reconnut pas dans les ténèbres. Il ne sut lui expliquer la raison de sa venue à une heure aussi inhabituelle, et saisit le premier prétexte venu.

« Ton père veut te voir. »

La petite reconnut le nécessaire et devint rouge de colère.

« Mais moi, je ne veux pas », dit-elle.

Déconcerté, il lui en demanda la raison.

« Parce que, répondit-elle. J'aime mieux mourir. »

Delaura voulut ôter la courroie qui enserrait sa cheville saine, croyant lui faire plaisir.

« Laissez-moi, dit-elle. Ne me touchez pas. »

Il fit comme si de rien n'était, et la petite lui envoya au visage une volée de crachats. Il resta de marbre et tendit l'autre joue. Sierva María continua de cracher. Enivré par les bouffées de plaisir interdit qui gagnaient ses entrailles, il tendit de nouveau la première joue, ferma les yeux et pria de toute son âme, tandis que Sierva María continuait à le couvrir de crachats, et plus il y prenait plaisir plus elle se montrait féroce, jusqu'à ce qu'elle eût compris l'inutilité de sa rage. Alors Delaura eut devant lui l'épouvantable spectacle d'une véritable énergumène. Les cheveux de Sierva María se dressèrent d'eux-mêmes comme les serpents de Méduse, et de sa bouche s'écoulèrent une bave verte et une bordée d'injures en langues d'idolâtres. Delaura brandit son crucifix, l'approcha du visage de Sierva María et s'écria, atterré :

« Sors d'ici, qui que tu sois, bête de l'enfer ! »

Ses cris attisèrent ceux de la petite, qui faillit casser les boucles des courroies. Alarmée, la gardienne accourut et tenta de la maîtriser, mais seule la douceur céleste de Martina eut raison d'elle. Delaura prit la fuite.

L'évêque était inquiet de ne pas l'avoir vu à la lecture du dîner. Delaura se rendit compte qu'il flottait sur un nuage intime où rien de ce monde ni de l'autre ne lui importait, n'était l'image terrifiante de Sierva María ravilie par le diable. Il s'enfuit dans la bibliothèque mais fut incapable de lire. Il pria, la foi exacerbée, chanta la chanson du théorbe et pleura des larmes de lave qui embrasèrent ses entrailles. Il ouvrit le nécessaire de Sierva María et posa un à un les objets sur la table. Il les reconnut, respira leur parfum, le corps ivre de désir, les chérit, leur récita des hexamètres obscènes jusqu'à épuisement de ses forces. Puis, il se mit torse nu, sortit du tiroir de la table à écrire la discipline de fer qu'il n'avait jamais osé toucher, et commença à se flageller avec une haine insatiable qui ne le laissa en paix qu'une fois extirpé de ses entrailles l'ultime vestige de Sierva María. L'évêque, qui l'avait attendu, le trouva vautré dans un marécage de sang et de larmes.

« C'est le démon, mon père, dit Delaura. Le plus terrible de tous. »

CINQ

L'évêque le convoqua dans son cabinet et écouta sans états d'âme sa confession exhaustive et impitoyable, conscient qu'il devait rendre un jugement et que ce tribunal n'était pas celui de la pénitence. La seule faiblesse qu'il eut pour lui fut de garder secrète sa véritable faute, mais il le démit de ses fonctions, le dépouilla de ses privilèges sans aucune explication publique, et l'envoya comme infirmier servir les lépreux à l'hôpital de l'Amour de Dieu. Delaura le supplia de lui accorder le réconfort de dire pour eux la messe de cinq heures, et l'évêque accepta. Il s'agenouilla avec un sentiment de délivrance profonde et ils dirent ensemble un Notre Père. L'évêque le bénit et l'aida à se relever.

« Que Dieu ait pitié de toi », dit-il. Et il le chassa de son cœur.

Cayetano avait déjà commencé à purger sa peine quand de hauts dignitaires du diocèse intercédèrent en sa faveur. L'évêque se montra inflexible. Il écarta la thèse selon laquelle les exorcistes finissent possédés des démons qu'ils veulent conjurer, et son argument ultime fut que Delaura n'avait pas réussi à les affronter avec le bras puissant de Dieu mais commis l'impertinence de débattre avec eux de questions de foi. C'est ce qui a perdu son âme et l'a conduit au bord de l'hérésie, ajouta-t-il. Mais le plus surprenant fut l'extrême sévérité dont l'évêque avait fait montre à l'égard de son homme de confiance pour une faute qui méritait à peine une pénitence de cierges verts.

Martina avait pris soin de Sierva María avec une dévotion exemplaire. Le rejet de sa grâce la tourmentait, mais la petite ne s'en aperçut qu'au cours d'un après-midi où elles brodaient sur la terrasse, quand elle leva les yeux et la vit baignée de larmes. Martina ne dissimula pas son désespoir :

« J'aimerais mieux être morte que de périr à petit feu dans cette prison. »

Sa seule chance, dit-elle, était le commerce de Sierva María avec les démons. Elle voulait savoir qui ils étaient, comment ils étaient et de quelle manière négocier avec eux. La petite en nombra six et Martina reconnut l'un d'eux, un démon africain qui autrefois avait harcelé la maison de ses parents. Une illusion nouvelle lui redonna courage.

« Je voudrais lui parler », dit-elle. Et elle précisa son message : « En échange de mon âme. »

Sierva María donna libre cours à son espièglerie.

« Il lui manque la parole. On le regarde droit dans les yeux et on comprend aussitôt tout ce qu'il dit. » Elle lui promit avec le plus grand sérieux de l'informer de la prochaine visitation afin qu'elle pût s'entretenir avec lui.

Cayetano, de son côté, s'était soumis avec humilité aux infâmes conditions de vie de l'hôpital. Les lépreux, en état de mort civile, dormaient dans des cases de palme à même la terre battue, et la plupart se déplaçaient en rampant comme ils le pouvaient. Les mardis, jours de soins médicaux, étaient épuisants. Cayetano s'imposa le sacrifice purificateur de laver les corps des plus infirmes dans les auges de l'écurie. Le premier mardi de la pénitence, sa dignité sacerdotale réduite à une grossière camisole d'infirmier, il était à pied d'œuvre lorsqu'il vit Abrenuncio monté sur l'alezan que lui avait offert le marquis.

« Comment va cet œil ? » demanda le médecin.

Cayetano ne lui laissa pas le loisir de le plaindre ou de compatir à ses malheurs. Il le remercia du collyre qui, en effet, avait effacé de sa rétine l'image de l'éclipse.

« Vous n'avez pas à me remercier, dit Abrenuncio. Je vous ai donné ce qu'on connaît de meilleur pour l'éblouissement solaire : des gouttes d'eau de pluie. »

Il l'invita à lui rendre visite. Cayetano lui expliqua qu'il ne pouvait sortir de l'hôpital sans autorisation. Abrenuncio n'y attacha aucune importance. « Vous qui connaissez le laisser-aller de ces royaumes, vous savez bien que nul n'obéit aux lois plus de trois jours », dit-il.

Il mit la bibliothèque à sa disposition afin qu'il pût poursuivre ses études le temps qu'on lui rendît justice. Cayetano l'écouta avec intérêt mais sans aucune illusion.

« Je vous laisse méditer ceci, conclut Abrenuncio en donnant de l'éperon. "Aucun dieu ne saurait créer un talent comme le vôtre pour que vous le galvaudiez à frotter des ladres." »

Le mardi suivant il lui fit cadeau des *Lettres philosophiques* en latin. Cayetano feuilleta le volume, huma les pages, apprécia sa valeur. Plus il estimait Abrenuncio, moins il le comprenait.

« Je voudrais savoir pourquoi vous me témoignez tant d'égards, dit-il.

— Parce que les athées ne peuvent se passer des curés, dit Abrenuncio. Les patients nous confient leur corps mais non leur âme, et pour tenter de l'arracher à Dieu nous faisons le diable.

— Ce n'est guère conforme à vos croyances, dit Cayetano.

— Je ne sais même pas en quoi je crois.

— Le Saint-Office, lui, le sait. »

Contre toute attente, la pique enchanta Abrenuncio. « Venez chez moi et nous en discuterons dans le calme, dit-il. Je ne dors pas plus de deux heures par nuit et toujours d'un œil, si bien que n'importe quel moment conviendra. » Il éperonna son cheval et partit.

Cayetano apprit très vite qu'un grand pouvoir ne se perd pas à demi. Ceux-là mêmes qui auparavant courtisaient sa faveur, se détournaient de lui comme d'un lépreux. Ses amis du monde des arts et des lettres l'évitaient afin de ne pas s'attirer les foudres du Saint-Office. Cayetano s'en moquait. Son cœur ne battait que pour Sierva María, mais cela ne pouvait lui suffire. Il était convaincu qu'il n'était pas d'océan, de montagne, de loi humaine ou divine, ni même de pouvoir infernal qui pût les séparer.

Un soir, cédant à une impulsion démesurée, il s'échappa de l'hôpital pour tenter de se faufiler à toute force dans le couvent. Il y avait quatre portes. La principale, celle du tour, une deuxième de même dimension, ouvrant sur la mer, et deux petites portes de service. Les deux premières étaient trop bien gardées. De la plage, Cayetano n'eut aucun mal à reconnaître la fenêtre de Sierva María parmi celles du pavillon de la prison car c'était la seule qui n'avait pas de barreaux. Dans la rue, il examina la bâtisse pierre par pierre, cherchant en vain une fissure, même infime, pour pouvoir l'escalader.

Il était sur le point de renoncer lorsqu'il se souvint du tunnel par où la population approvisionnait le couvent durant le *Cessatio a Divinis.* A cette époque, les tunnels sous les casernes ou les couvents étaient très en vogue. On en connaissait au moins six dans la ville, et au fil du temps on en avait découvert d'autres sur lesquels couraient d'extravagantes histoires. Un lépreux, qui avait été fossoyeur, indiqua à Cayetano celui qu'il cherchait : un égout abandonné qui reliait le couvent à une friche voisine, cimetière des premières clarisses au siècle précédent. Il débouchait sous le pavillon de la prison, au pied d'un mur haut et rugueux qui paraissait infranchissable. Après plusieurs tentatives infructueuses, Cayetano réussit pourtant à l'escalader, comme il croyait tout réussir par le seul pouvoir de la prière.

Au petit matin, le pavillon était un havre de sérénité. Certain que la gardienne n'y dormait

157

pas, il ne se soucia que de Martina Laborde, qui ronflait derrière la porte entrebâillée. Les risques de l'aventure avaient jusque-là soutenu sa vigilance, mais quand il se vit devant la cellule, dont le cadenas était ouvert sur la chaîne, son cœur bondit dans sa poitrine. Il poussa la porte du bout des doigts, cessa de vivre tant que dura le grincement des gonds, et vit Sierva María endormie sous la veilleuse du Saint Sacrement. Elle ouvrit les yeux et mit du temps à le reconnaître dans sa grossière camisole d'infirmier des lépreux. Il lui montra ses ongles ensanglantés.

« J'ai escaladé le mur », dit-il, presque sans voix.

Sierva María ne s'en émut pas.

« Pourquoi ? demanda-t-elle.

— Pour te voir », répondit-il.

Décontenancé, les mains tremblantes et la gorge nouée, il ne trouva rien d'autre à dire.

« Allez-vous-en », dit Sierva María.

Il secoua plusieurs fois la tête en signe de refus, de peur que la voix lui manque. « Allez-vous-en, répéta-t-elle. Ou je crie. » Il était si près d'elle qu'il sentit la tiédeur de son souffle virginal.

« Ils peuvent me tuer, mais je ne partirai pas », dit-il. Soudain, il comprit qu'il avait surmonté sa terreur et il ajouta d'une voix ferme. « De sorte que si tu veux crier, fais-le. »

Elle se mordit les lèvres. Cayetano s'assit au bord du lit et fit le récit minutieux de son châtiment, mais n'en révéla pas les causes. Sierva María comprit plus de choses qu'il n'en pouvait dire. Elle le regarda sans crainte et lui demanda pourquoi il ne portait plus de bandeau sur l'œil.

« Je n'en ai plus besoin, dit-il, enhardi. A présent quand je ferme les yeux, je vois une chevelure semblable à un fleuve d'or. »

Il partit deux heures plus tard, rayonnant de joie, car Sierva María avait accepté qu'il revînt, à condition qu'il lui apportât ses friandises préférées de la Porte des Marchands. Le lendemain soir, il arriva si tôt que le couvent était encore en éveil et qu'elle finissait de broder l'ouvrage de Martina à la lueur de la chandelle. Le troisième soir, il apporta des mèches et de l'huile pour faire de la lumière. Le quatrième soir, samedi, il passa plusieurs heures à l'aider à se débarrasser des poux qui avaient recommencé à se propager dans la cellule. Lorsque la chevelure fut propre et peignée, il sentit la sueur glacée de la tentation l'inonder de nouveau. Il s'allongea près de Sierva María, la respiration altérée, et rencontra les yeux diaphanes à un pouce des siens. Le vertige les gagna. Lui, priant par peur, soutint son regard. Elle, se donnant courage, parla :

« Quel âge avez-vous ?

— J'ai eu trente-six ans au mois de mars. »

Elle le dévisagea.

« Vous êtes un petit vieux », dit-elle, avec une pointe de malice. Elle s'attarda sur le front creusé de sillons et ajouta, avec toute la cruauté de son âge : « Un petit vieux tout ridé. » Delaura le prit avec bonne humeur. Sierva María lui demanda pourquoi il avait une mèche blanche.

« C'est une tache de lune, dit-il.

— Poudrée, dit-elle.

— Naturelle. Ma mère avait la même. »

Il avait gardé ses yeux dans les siens, mais elle

ne semblait pas prête à se rendre. Il poussa un long soupir et récita :

« *O doux attraits pour mon malheur trouvés.* »

Elle ne comprit pas.

« C'est un vers du grand-père de mon arrière-grand-père, expliqua-t-il. Il a écrit trois églogues, deux élégies, cinq chansons et quarante sonnets. La plupart pour une Portugaise sans grande beauté qui ne fut jamais sienne, d'abord parce qu'il était marié, ensuite parce qu'elle a épousé un autre homme et qu'elle est morte avant lui.

— Lui aussi était prêtre ?

— Non, il était soldat. »

Dans le cœur de Sierva María quelque chose avait frémi, car elle voulut réentendre le vers. Il le redit et poursuivit d'une voix vibrante et articulée jusqu'au dernier des quarante sonnets de don Garcilaso de la Vega, chevalier d'amour et de guerre, fauché à la fleur de l'âge par un feu de pierrier.

Quand il eut terminé, Cayetano prit la main de Sierva María et la posa sur son cœur. Elle y sentit la fureur de la tourmente.

« Il est toujours ainsi », dit-il.

Alors, coupant court à la panique, il se libéra du limon qui l'empêchait de vivre. Il avoua qu'il pensait à elle à chaque instant, que tout ce qu'il mangeait et buvait avait sa saveur, qu'elle était la vie à toute heure et en tout lieu, comme Dieu seul a le droit et le pouvoir de l'être, et que le vœu suprême de son cœur était de mourir avec elle. Il parla comme il avait récité, avec des mots limpides et enflammés, le regard perdu, quand il eut le sentiment que Sierva María s'était endormie. Mais elle était éveillée, ses yeux de biche effarouchée posés sur lui. C'est à peine si elle osa lui demander :

« Et maintenant ?

— Et maintenant, rien, dit-il. Je voulais que tu le saches. »

Il ne put continuer. Pleurant en silence, il passa son bras sous la tête de Sierva María pour lui faire un oreiller, et elle se lova à son côté. Ils demeurèrent ainsi, sans dormir, sans parler, jusqu'au moment où les coqs chantèrent, et Cayetano dut se hâter pour arriver à temps à la messe de cinq heures. Avant qu'il ne parte, Sierva María lui offrit le magnifique collier d'Oddúa : dix-huit pouces de grains de nacre et de corail.

La panique s'était changée en agitation du cœur. Delaura ne tenait pas en place, faisait tout de travers, comme absent, jusqu'à l'heure bénie où il s'échappait de l'hôpital pour voir Sierva María. Il arrivait dans la cellule, hors d'haleine, trempé par les pluies perpétuelles, et elle l'attendait avec tant d'anxiété qu'un seul sourire de lui la rendait à la vie. Une nuit, ce fut elle qui prit l'initiative de dire les vers qu'elle avait appris à force de les écouter. « *Quand je demeure à contempler mon état et vois le chemin où m'ont conduit tes pas.* » Elle demanda avec malice :

« Ensuite ?

— *Je mourrai, car sans fourbe je me suis donné à celle qui saura me perdre et m'achever* », dit-il.

Elle reprit mot à mot, avec une tendresse égale à la sienne, et ils poursuivirent ainsi jusqu'à la fin du livre, sautant des vers, pervertissant et dévoyant les sonnets à leur gré, batifolant avec eux selon leur bon plaisir, maîtres absolus de leur art. Ils s'endormirent, vaincus par la fatigue. A cinq heures, la gardienne apporta le petit déjeuner alors que les coqs menaient grand bruit, et tous deux s'éveillèrent en sursaut. Ils se crurent perdus. La surveillante posa le petit déjeuner sur la table, fit une inspection de routine la lanterne à la main, et sortit sans voir Cayetano dans le lit.

« Lucifer est un malin, plaisanta-t-il quand il eut retrouvé son souffle. Il m'a rendu invisible moi aussi ».

Sierva María dut redoubler d'astuce afin que ce jour-là la gardienne n'entrât plus dans la cellule. Tard dans la nuit, après mille folâtreries, ils surent qu'ils s'aimaient depuis toujours. Cayetano, mi-sérieux mi-plaisantant, se risqua à dénouer le lacet du corsage de Sierva María. Elle se couvrit la poitrine des deux mains, dans ses yeux brilla une étincelle de fureur et son visage devint plus rouge que du feu. Cayetano lui prit les mains entre le pouce et l'index, comme si elles étaient de braise, et les écarta de son sein. Elle tenta de résister, et il lui opposa une force tendre mais résolue.

« Récite avec moi, dit-il. *"Entre vos mains, enfin, je m'abandonne."* »

Elle obéit. « *Où je sais que je mourrai* », poursuivit-il tandis qu'il délaçait le corsage de ses doigts glacés. Elle récita, presque sans voix, tremblante de peur : « *Afin qu'à moi seul il soit prouvé comment sur le vaincu frappe l'épée.* » Alors, pour la première fois, il baisa sa bouche. Le corps de Sierva María frémit dans une plainte, une douce brise de mer s'en échappa et elle s'abandonna à son destin. Il promena le bout de ses doigts sur sa peau, l'effleurant à peine, et pour la première fois connut le prodige de se sentir transporté dans un autre corps. Une voix intérieure lui révéla combien le diable avait été loin de ses nuits de grec et de latin, de ses extases mystiques, du désert de la pureté, pendant qu'elle vivait avec toutes les puissances de l'amour libéré dans les cases des esclaves. Il se laissa guider par elle, tâtonnant dans les ténèbres, mais au dernier instant se repentit et s'abîma dans les gouffres du remords. Il demeura couché sur le dos, les yeux fermés. Sierva María, effrayée par son silence et son immobilité de mort, le toucha du doigt.

« Qu'avez-vous ? demanda-t-elle.

— Laisse-moi, murmura-t-il. Je prie. »

Les jours suivants ils ne connurent d'instants de paix qu'ensemble. Ils causèrent des douleurs de la passion sans jamais se rassasier, s'épuisèrent en baisers, déclamèrent des poèmes d'amour en versant des larmes de feu, chantèrent à voix basse, roulèrent dans des abîmes de volupté, jusqu'aux limites de leurs forces : exténués mais vierges. Car il avait décidé de respecter ses vœux jusqu'au jour du sacrement, et elle avait accepté sa résolution.

Pendant les pauses de la passion ils échangèrent des preuves excessives. Il lui dit que pour elle il serait capable de tout. Sierva María lui demanda avec une cruauté enfantine de manger un cafard. Il en attrapa un avant qu'elle ait eu le temps de l'arrêter, et l'avala vivant. Au cours de leurs défis vésaniques, il lui demanda si elle couperait sa tresse pour lui et elle répondit oui mais ajouta, mutine ou peut-être sérieuse, qu'en ce cas il devrait l'épouser afin que le vœu fût respecté. Il apporta dans la cellule un couteau de cuisine et dit « Voyons si tu dis vrai ». Elle lui tourna le dos afin qu'il pût la couper ras. Elle le nargua : « Oserez-vous ? » Il n'osa pas. Quelques jours plus tard, elle lui demanda s'il se laisserait égorger comme un bouc. Il lui répondit oui d'une voix ferme. Elle prit le couteau, comme pour le mettre à l'épreuve. Cayetano bondit de terreur, saisi d'un frisson mortel, et dit : « Pas toi, non, pas toi » Prise de fou rire, elle voulut savoir pourquoi et il avoua la vérité.

« Parce que toi, tu oserais. »

Durant les accalmies de la passion, ils découvrirent aussi les langueurs de l'amour quotidien. Elle nettoyait et mettait de l'ordre dans la cellule pour la tenir prête quand il arriverait avec le naturel de l'époux qui regagne le foyer. Cayetano lui enseignait à lire et à écrire, et l'initiait au culte de la poésie et à la dévotion au Saint-Esprit, dans l'attente du jour béni où ils seraient libres et mariés.

A l'aube du 27 avril, Sierva María s'abandonnait au sommeil après que Cayetano eut quitté la cellule, lorsque soudain on vint la chercher pour commencer les exorcismes. Ce fut un rituel de condamné à mort. On la traîna de force jusqu'à l'abreuvoir, on la lava à grands seaux, on la dépouilla avec brutalité de ses colliers, et on la revêtit de la robe barbare des hérétiques. La sœur jardinière coupa sa chevelure à hauteur de la nuque de quatre coups de cisaille pareils à quatre morsures, et la jeta au bûcher allumé dans le patio. Une sœur converse acheva de tondre les épis et n'en laissa qu'un demi-pouce, comme les cheveux des clarisses sous le voile, et à mesure qu'elle les coupait elle les jetait dans le feu. Sierva María vit l'embrasement doré, entendit la crépitation du bois vierge, sentit l'âcre odeur de corne brûlée sans que frémît un muscle de son visage qui restait de marbre. Enfin, on lui passa une camisole de force, on la recouvrit d'un drap funèbre, et deux esclaves la portèrent dans la chapelle sur une civière à soldat.

L'évêque avait convoqué le chapitre composé de prébendiers éclairés, et ceux-ci avaient désigné trois des leurs pour assister au procès de Sierva María. En un geste de suprême volonté, l'évêque surmonta les défaillances de sa santé. Il décréta que la cérémonie n'aurait pas lieu dans la cathédrale, comme en d'autres occasions mémorables, mais dans la chapelle du couvent de Santa Clara, et il assuma en personne l'exécution de l'exorcisme.

Les clarisses, abbesse en tête, s'étaient installées dans le chœur bien avant matines, qu'elles chantèrent accompagnées à l'orgue, émues par la solennité du jour qui se levait. Les prélats du chapitre entrèrent aussitôt après, suivis de supérieurs de trois ordres et des dignitaires du Saint-Office. Ces derniers étaient et devaient être les seuls civils.

L'évêque entra le dernier, en habit de grande cérémonie, porté par quatre esclaves, et avec un air d'affliction inconsolable. Il s'assit face à l'autel majeur, près du catafalque de marbre réservé aux funérailles solennelles, dans un fauteuil tournant qui facilitait ses mouvements. A six heures précises, les deux esclaves amenèrent Sierva María sur la civière, dans la camisole de force, recouverte du drap violet.

Pendant la messe chantée, la chaleur se fit insupportable. Les lambris renvoyaient les basses de l'orgue qui laissaient à peine entendre les voix ternes des clarisses, invisibles derrière les jalousies du chœur. Les deux esclaves à demi nus, qui avaient porté la civière de Sierva María, montaient la garde à son côté. La messe terminée, ils la découvrirent et la laissèrent étendue, telle une princesse morte, sur le catafalque de marbre. Les esclaves de l'évêque soulevèrent le fauteuil pour placer leur maître près d'elle, et les laissèrent seuls dans le vaste espace au pied de l'autel majeur.

Il y eut une insupportable tension et un silence absolu qui semblaient le prélude à un prodige des cieux. Un acolyte posa près de l'évêque le bénitier portatif rempli d'eau bénite. L'évêque prit le goupillon comme une masse d'armes, s'inclina au-dessus de Sierva María, et aspergea tout son corps en murmurant une prière. Soudain, il proféra la conjuration, qui ébranla les fondations de la chapelle.

« Qui que tu sois, hurla-t-il. Par ordre de Jésus-Christ Notre Seigneur, maître du visible et de l'invisible, de ce qui est, fut et sera, quitte ce corps purifié par l'eau du baptême et retourne aux ténèbres. »

Sierva María, affolée par la terreur, se mit elle aussi à crier. L'évêque éleva la voix pour la faire taire, et elle hurla plus fort. L'évêque prit une profonde respiration, ouvrit la bouche pour continuer la conjuration, mais l'air mourut dans sa poitrine sans qu'il pût l'expulser. Il s'écroula face contre terre, suffoquant comme un poisson hors de l'eau, et la cérémonie s'acheva dans un tumulte assourdissant.

Le soir, Cayetano trouva Sierva María qui tremblait de fièvre dans la camisole de force. Ce qui l'indigna plus que tout fut son crâne tondu et outragé. « Dieu du ciel », murmura- t-il avec une rage sourde tandis qu'il la délivrait des courroies. « Comment peux-Tu permettre un tel crime. » A peine libérée, Sierva María se jeta à son cou et ils demeurèrent enlacés, sans dire un mot, tandis qu'elle pleurait. Il la laissa s'épancher. Puis il releva son visage, dit : « Plus de larmes » et ajouta, citant Garcilaso :

« Que t'apaisent celles que pour toi j'ai versées. »

Sierva María lui raconta l'expérience terrible dans la chapelle. Elle parla des chœurs tonitruants qui semblaient guerriers, des cris hallucinés de l'évêque, de son haleine brûlante, de ses beaux yeux verts enflammés par la violence de l'instant.

« On aurait dit le diable », murmura-telle.

Cayetano s'efforça de la calmer. Il lui assura que, malgré sa corpulence de titan, sa voix orageuse et ses méthodes martiales, l'évêque était un homme bon et sage. L'épouvante de Sierva María était compréhensible, mais elle-même ne courait aucun danger.

« Je veux mourir, dit-elle.

— Tu es furieuse et tu te sens vaincue, et moi

aussi parce que je ne puis t'aider, dit-il. Mais Dieu nous récompensera au jour de la résurrection. »

Il ôta de son cou le collier d'Oddúa que Sierva María lui avait offert, et le lui attacha pour remplacer les siens. Ils s'allongèrent sur le lit, l'un contre l'autre, et mêlèrent leurs rancœurs tandis que le monde s'endormait et que seul demeurait le chuchotis des termites dans les lambris. La fièvre céda. Cayetano parla dans le noir.

« Dans l'Apocalypse, il est annoncé qu'un jour le soleil ne se lèvera plus. Dieu veuille que ce soit aujourd'hui. »

Sierva María avait dormi une heure après le départ de Cayetano, quand un bruit inconnu la réveilla. Devant elle, flanqué de l'abbesse, se tenait un vieux prêtre d'une taille imposante, la peau brune tannée par le sel, la crinière hérissée, les sourcils en broussaille, les mains animales et des yeux qui inspiraient confiance. Avant que Sierva María eût fini de s'éveiller, le prêtre lui dit en yoruba :

« Je viens te rapporter tes colliers. »

Il les tira de sa poche, où il les avait mis quand l'économe du couvent les lui avait rendus sur ses instances. A mesure qu'il les attachait au cou de Sierva María, il les énumérait et les décrivait en langues africaines : rouge et blanc celui de l'amour et du sang de Changó, rouge et noir celui de la vie et de la mort d'Elegguá, bleu pâle et d'eau les sept grains de Yemayá. Il passait avec délicatesse et subtilité du yoruba au congo et du congo au mandingue, et Sierva María lui répondait, gracieuse et volubile. A la fin, il s'exprima en castillan par égard pour l'abbesse, qui ne pouvait croire à tant de douceur de la part de Sierva María.

Le père Tomás de Aquino de Narváez, ancien procureur du Saint-Office à Séville et curé du quartier des esclaves, avait été choisi par l'évêque, qu'immobilisait son mauvais état de santé, pour procéder en son nom aux exorcismes. Son passé d'homme dur était indéniable. Il avait condamné au bûcher onze hérétiques, juifs et musulmans, mais son crédit reposait avant tout sur les nombreuses âmes qu'il avait soustraites à l'emprise des démons les plus rusés d'Andalousie. C'était un homme aux goûts et aux manières raffinés et au parler suave des Canariens. Fils d'un procureur du roi qui avait épousé son esclave quarteronne, il était né ici et avait passé son noviciat au séminaire local une fois la pureté de son lignage prouvée par quatre générations d'ancêtres blancs. Ses bons résultats lui avaient valu de faire son doctorat à Séville, où il avait vécu et officié jusqu'à l'âge de cinquante ans. De retour à sa terre natale, il avait demandé la paroisse la plus humble et, passionné de langues et de religions africaines, il vivait comme un esclave parmi les esclaves. Nul ne semblait plus apte que lui pour comprendre Sierva María ni plus qualifié pour affronter ses démons.

Sierva María le reconnut d'emblée comme son ange gardien et ne se trompa pas. Devant elle, il mit en pièces tous les arguments contenus dans les procès-verbaux et donna à l'abbesse les preuves qu'aucun d'eux n'était décisoire. Il lui apprit que les démons étaient les mêmes en Amérique et en Europe, mais que leur conduite et leurs patrons étaient différents. Il lui expliqua les quatre règles d'usage pour reconnaître la possession démoniaque, et lui montra combien il est facile au démon de les utiliser et de faire croire le contraire. Il prit congé de Sierva María en lui pinçant la joue avec tendresse.

« Tu peux dormir tranquille, lui dit-il. J'ai eu affaire à pire ennemi. »

L'abbesse était dans de si bonnes dispositions, qu'elle l'invita à boire le célèbre chocolat parfumé des clarisses et à goûter les biscuits à l'anis et les prodiges de pâtisserie réservés aux hôtes de marque. Tandis qu'ils les savouraient dans le réfectoire privé, il donna ses instructions pour les étapes suivantes. L'abbesse s'inclina avec reconnaissance.

« Le sort, heureux ou malheureux, de cette infortunée ne m'intéresse pas, dit-elle. Tout ce que je demande à Dieu c'est qu'elle quitte ce couvent au plus tôt. »

Le père lui promit qu'il emploierait la plus grande diligence pour que ce fût une affaire de jours et, si possible, d'heures. En prenant congé dans le parloir, accordés et satisfaits, ni l'un ni l'autre ne pouvaient imaginer qu'ils ne se reverraient plus.

Ce fut pourtant ce qui arriva. Le père Aquino, ainsi que l'appelaient ses fidèles, regagna son église à pied, car depuis longtemps il priait peu et réparait sa faute devant Dieu en revivant chaque jour le martyre de ses nostalgies. Il s'attarda dans les faubourgs, étourdi par les crieurs des rues qui vendaient de tout, et attendit que le soleil eût décliné pour traverser le bourbier du port. Il acheta les biscuits les moins chers et un billet de la loterie des pauvres, dans l'incorrigible espoir de gagner le gros lot et de restaurer son église délabrée. Il se délassa une demi-heure en bavardant avec les matrones noires assises telles de monumentales idoles devant leur bimbeloterie étalée à même le sol sur des nattes de jute. Vers cinq heures, il traversa le pont-levis de Getsemaní, où l'on venait de pendre un gros chien sinistre afin que tout le monde sût qu'il était mort de la rage. L'air était embaumé par les premières roses, et il n'y avait au monde de ciel plus diaphane.

Le quartier des esclaves, au bord des marigots, était d'une misère bouleversante. Les gens vivaient avec les charognards et les porcs dans des cases d'argile aux toits de palme, et les enfants buvaient l'eau boueuse des rues. Pourtant, avec ses couleurs vives et ses voix chantantes, c'était le quartier le plus gai, surtout au crépuscule, lorsqu'on sortait les chaises pour prendre le frais au milieu de la rue. Le curé distribua les biscuits aux enfants des marigots et en garda trois pour son dîner.

L'église était une cabane de joncs et d'argile avec une toiture de palmes amères au faîte de laquelle se dressait une croix de bois. Ses bancs étaient un assemblage de planches grossières, elle abritait un unique autel et un seul saint, et le père prêchait chaque dimanche en langues africaines du haut d'une chaire de bois. La cure prolongeait l'église derrière l'autel, et le père vivait de peu dans une pièce avec un lit de sangle et une chaise rustique. Au fond, il y avait un petit patio

171

cailouteux, une treille aux pampres rabougris et une haie épineuse qui séparait la cure du marigot. La seule eau potable était celle d'un puits en mortier dans un coin du patio.

Un vieux sacristain et une petite orpheline de quatorze ans, tous deux des Mandingues convertis, aidaient à l'église et à la cure jusqu'à l'heure du rosaire. Avant de fermer sa porte, le curé mangea les trois derniers biscuits, but un verre d'eau et souhaita le bonsoir aux voisins assis dans la rue en disant en castillan sa phrase habituelle :

« Que Dieu vous donne à tous bonne et sainte nuit »

A quatre heures du matin, le sacristain, qui vivait à quelques mètres de l'église, sonna la cloche pour appeler à la seule messe de la journée. Peu avant cinq heures, comme le père tardait, il alla le chercher dans sa chambre. Il ne s'y trouvait pas, non plus que dans le patio. Il le chercha alentour car il allait parfois bavarder très tôt dans les patios voisins. Il ne le trouva pas davantage. Il dit aux quelques fidèles qu'il n'y aurait pas de messe car on ne savait où était le prêtre. A huit heures, alors que le soleil était déjà haut, la jeune servante alla tirer de l'eau du puits et vit le père Aquino qui flottait sur le dos, vêtu de ses chausses, qu'il gardait pour dormir. Ce fut une mort triste que beaucoup pleurèrent, et un mystère qui demeura entier mais que l'abbesse considéra comme la preuve irréfutable de l'acharnement du démon contre son couvent.

La nouvelle ne parvint pas jusqu'à la cellule de Sierva María qui continua d'attendre le père

Aquino avec l'illusion de l'innocence. Elle n'avait pas su expliquer à Cayetano de qui il s'agissait, mais lui avait laissé sentir combien elle était heureuse que le père lui eût rendu ses colliers et fait la promesse de la sauver. Jusqu'alors ils avaient cru que l'amour suffisait à leur bonheur. Détrompée par le père Aquino, Sierva María se rendit compte la première que la liberté ne dépendait que d'eux-mêmes. Un matin, après de longues heures d'étreintes, elle supplia Delaura de rester. Il le prit à la légère et lui dit au revoir sur un dernier baiser. Elle bondit hors du lit et, bras en croix, lui barra la porte.

« Ou vous restez ou je pars avec vous. »

Elle avait dit un jour à Cayetano qu'elle aimerait trouver refuge avec lui à San Basilio de Palenque, un village d'esclaves fugitifs à douze lieues d'ici, où, à n'en pas douter, on la recevrait comme une reine. Cayetano avait trouvé l'idée providentielle mais ne l'avait pas associée à celle d'une fugue. Il s'en remettait avec confiance aux procédures légales, certain que le marquis reprendrait sa fille une fois prouvé de façon indiscutable qu'elle n'était pas possédée, et que lui-même obtiendrait le pardon et l'autorisation de l'évêque pour se joindre à une communauté civile, où les noces des clercs ou des nonnes étaient à ce point fréquentes qu'elles ne scandalisaient personne. Si bien que lorsque Sierva María le somma de rester ou de l'emmener, Delaura, une fois de plus, tenta de la dissuader. Elle se pendit à son cou et menaça de se mettre à hurler. Le jour pointait. Effrayé, Delaura l'écarta d'une poussée et s'enfuit à l'instant où l'office des matines commençait.

La réaction de Sierva María fut féroce. Pour une contrariété dérisoire, elle griffa le visage de la gardienne, barricada la porte, menaça de mettre le feu à la cellule et de s'y laisser brûler vive si on ne l'autorisait pas à sortir. La gardienne, hors d'elle, le visage ensanglanté, s'écria :

« Essaye donc, bête de Belzébuth. »

Pour toute réponse, Sierva María mit le feu au matelas avec la lampe du Saint Sacrement. L'intervention de Martina, avec ses gestes apaisants, évita la tragédie. Dans le rapport qu'elle fit ce jour-là, la gardienne demanda que l'on transférât la petite dans une cellule plus sûre du pavillon de la clôture.

L'anxiété de Sierva María accrut celle de Cayetano dans son désir de trouver une solution immédiate autre que la fugue. Il tenta à deux reprises de voir le marquis, et à deux reprises fut chassé par les molosses livrés à eux-mêmes dans la maison sans maître. En réalité, le marquis ne devait jamais y revenir. Vaincu par ses éternelles terreurs, il avait voulu trouver refuge auprès de Dulce Olivia mais elle lui refusait sa porte. Il l'avait appelée de mille façons à son secours depuis qu'il était réduit à la solitude, et n'avait reçu que des réponses narquoises griffonnées sur des petites cocottes en papier. Un jour, elle avait surgi sans qu'il l'eût invitée et sans crier gare. Elle avait balayé et mis de l'ordre dans la cuisine, devenue inutilisable faute d'usage, et la marmite chantait, joyeuse, sur le fourneau. Elle portait une toilette du dimanche aux volants d'organdi, s'était fardée de crèmes et d'onguents à la mode, et la seule marque de sa folie était une grande capeline ornée de poissons et d'oiseaux de chiffon.

« Je te remercie d'être venue, dit le marquis. Je me sentais très seul. » Et il conclut dans un gémissement :

« J'ai perdu Sierva.

— C'est de ta faute, dit-elle sans y accorder d'importance. Tu as tout fait pour la perdre. »

Pour le dîner, Dulce Olivia avait préparé un ragoût créole, avec trois sortes de viande et les plus beaux légumes du potager. Elle servit avec des manières de grande dame qui s'accordaient fort bien à ses atours. Les molosses la suivaient, langue pendante, et se frottaient à ses jambes tandis qu'elle leur susurrait des mots doux. Ils s'assirent l'un en face de l'autre, comme ils auraient pu le faire quand ils étaient jeunes et ne redoutaient pas l'amour, et mangèrent en silence, sans se regarder, transpirant à grosses gouttes, avalant chaque bouchée avec une indifférence de vieux couple. Son assiette terminée, Dulce Olivia fit une pause et soupira, consciente tout à coup de son âge :

« C'est ainsi que nous aurions vécu. »

Sa lucidité brutale dessilla les yeux du marquis. Il la vit grosse et vieille, avec ses deux dents en moins et ses yeux fanés. Ainsi auraient-ils vécu, peut-être, s'il avait eu le courage de s'opposer à la volonté de son père.

« Il semblerait que tu es saine d'esprit, dit-il.

— Je l'ai toujours été, répliqua-t-elle. C'est toi qui ne m'as jamais vue telle que je suis.

— Je t'ai distinguée dans la multitude, alors

que vous étiez toutes jeunes et belles et qu'il était difficile de choisir la plus jolie, dit-il.

— C'est moi qui me suis distinguée pour toi, dit-elle. Toi, tu n'as rien fait. Tu as toujours été ce que tu es : un pauvre diable.

— Tu m'insultes sous mon propre toit. »

L'imminence de l'altercation enchanta Dulce Olivia.

« C'est le mien autant que le tien, dit-elle. Et la petite aussi est à moi, même si c'est une chienne qui l'a mise au monde. » Et sans lui donner le temps de répliquer, elle conclut :

« Le plus grave, c'est que tu l'as laissée entre de mauvaises mains.

— Entre les mains de Dieu », dit-il.

Dulce Olivia s'écria, tremblante de colère :

« Entre celles du fils de l'évêque, qui a fait d'elle une putain et l'a engrossée.

— Langue de vipère ! s'écria le marquis, hors de lui.

— Sagunta brode mais ne ment pas, dit Dulce Olivia. Et n'essaye pas de m'humilier parce que tu n'auras que moi pour te poudrer la figure quand tu seras mort. »

La chute était celle de toujours. Dulce Olivia pleura dans son assiette des larmes pareilles à de grosses gouttes de soupe. La virulence de la dispute réveilla les molosses endormis, ils dressèrent la tête, en alerte, et poussèrent des grondements rauques. Le marquis sentit l'air lui manquer.

« Tu vois, dit-il, furieux, c'est ainsi que nous aurions vécu. »

Elle se leva de table sans avoir achevé le repas,

débarrassa, lava les assiettes et les casseroles, prise d'une rage sordide, et à mesure qu'elles étaient propres les brisa sur la souillarde. Il la laissa pleurer jusqu'à ce qu'elle eût jeté les débris de la vaisselle qui tombèrent dans le panier d'ordures avec la violence d'une avalanche de grêle. Elle partit sans un au revoir. Ni le marquis ni personne ne sut jamais à quel moment Dulce Olivia avait cessé d'être elle-même pour n'être plus qu'une apparition nocturne dans la maison.

La rumeur selon laquelle Cayetano Delaura était le fils de l'évêque avait succédé à celle, plus ancienne, qui les donnait pour des amants depuis leur rencontre à Salamanque. D'après la version de Dulce Olivia, confirmée et pervertie par Sagunta, Sierva María était séquestrée dans le couvent afin de satisfaire les appétits sataniques de Cayetano Delaura, et elle avait mis au monde un enfant à deux têtes. Leurs saturnales, ajoutait Sagunta, avaient souillé toute la communauté des clarisses.

Le marquis ne s'en remit jamais. Il chercha à tâtons dans le bourbier de la mémoire un refuge contre la terreur et ne trouva que le souvenir de Bernarda, exalté par la solitude. Il tenta de le chasser en pensant à ce qu'il haïssait le plus en elle, ses vents fétides, ses rebuffades brutales, ses pommettes saillantes comme des caroncules de coq, et plus il cherchait à l'avilir, plus ses souvenirs l'idéalisaient. Vaincu par la nostalgie, il hasarda des messages à la sucrerie de Mahates, où il croyait qu'elle se trouvait et où en effet elle était. Il lui demandait d'entrer en raison, d'oublier ses rancœurs et de revenir, afin que l'un et l'autre aient au moins quelqu'un auprès de qui mourir. Comme il ne recevait pas de réponse, il partit la chercher.

Il dut remonter les affluents de la mémoire. La propriété, qui avait été la plus belle de la vice-royauté, était réduite à néant. On ne pouvait deviner le chemin entre les broussailles. De la sucrerie, il ne restait que des décombres, les machines couvertes de rouille et les ossements des deux derniers bœufs encore attelés aux bras du moulin. A l'ombre des calebassiers, seul le puits des soupirs semblait encore en vie. Avant même d'apercevoir la maison entre les tiges calcinées des cannes à sucre, le marquis reconnut le parfum des savons de Bernarda, devenu avec le temps son odeur naturelle, et il comprit à quel point il était anxieux de la voir. Elle était là, sur la galerie du portique, assise dans une berceuse, en train de manger du cacao le regard perdu à l'horizon. Elle portait une tunique de coton rose et ses cheveux étaient encore humides après le bain dans le puits des soupirs.

Le marquis la salua d'un bonsoir avant de gravir les trois marches du perron. Bernarda répondit sans lui jeter un regard, comme si le mot n'avait été prononcé par personne. Sur la galerie, le marquis embrassa d'un large regard l'horizon tout entier au-delà des fourrés. Aussi loin que portait sa vue, il n'y avait que des taillis sauvages et les calebassiers autour du puits. « Que sont devenus les gens ? » demanda-t-il. Bernarda lui répondit de nouveau les yeux baissés, ainsi que le faisait son père. « Ils sont tous partis, dit-elle. Il n'y a pas un seul être vivant à cent lieues à la ronde. »

Il entra, à la recherche d'un siège. La maison était dévastée, et quelques plantes à fleurs violettes pointaient entre les briques du sol. Dans la salle à manger, il y avait encore l'ancienne table et les vieilles chaises rongées par les termites, la pendule arrêtée à une heure d'un jour oublié, et dans l'air flottait une poussière invisible qu'on percevait en respirant. Le marquis prit une chaise, s'assit près de Bernarda et lui dit à voix très basse :

« Je suis venu vous chercher. »

Impassible, Bernarda acquiesça d'un hochement de tête à peine perceptible. Il lui raconta ce qu'il était advenu de lui, la maison délaissée, les esclaves à l'affût derrière les arbustes le couteau à la main, les nuits sans fin.

« Ce n'est pas une vie, dit-il.

— Ça ne l'a jamais été, répliqua-t-elle.

— Ce pourrait peut-être en être une.

— Vous ne me parleriez pas ainsi si vous saviez combien je vous hais, dit Bernarda.

— Moi aussi j'ai toujours cru que je vous haïssais, dit-il, mais à présent je n'en suis plus aussi sûr. »

Alors, Bernarda lui ouvrit ses entrailles pour qu'il s'y contemplât en toute clarté. Elle lui raconta comment son père l'avait envoyée à lui sous prétexte d'apporter les harengs et les olives, comment tous deux l'avaient trompé avec le vieux stratagème des lignes de la main, comment ils avaient décidé qu'elle le violerait alors qu'il faisait l'innocent, et comment ils avaient ourdi la manœuvre froide et madrée de concevoir Sierva María afin de le ferrer jusqu'à la fin de ses jours. Il ne lui devait grâce que d'une chose : qu'elle n'ait pas eu le courage d'aller jusqu'au bout de ce que son père et elle avaient manigancé en versant une rasade de laudanum dans la soupe afin d'en finir avec lui.

« Je me suis mis la corde au cou, dit-elle. Mais je ne regrette rien. C'était trop me demander d'aimer de surcroît ce pauvre avorton, ou vous-même, qui avez été la cause de tous mes malheurs. »

La perte de Judas Iscariote avait parachevé sa dégradation. Voulant le retrouver en d'autres, elle s'était livrée à une fornication débridée avec les esclaves de la sucrerie, ce qui lui inspirait le plus grand dégoût avant qu'elle ne se décide à franchir le pas. Elle les choisissait par escouades et les chevauchait en file indienne à la lisière des bananeraies, jusqu'au jour où la mélasse fermentée et les tablettes de cacao avaient eu raison de ses charmes. Devenue laide et bouffie, son ardeur avait capitulé devant tant de chair. Alors, elle avait commencé à les payer. Tout d'abord en parures d'oripeau, les plus jeunes, selon leur beauté et leur calibre, et pour finir en or pur, tous ceux qui lui tombaient sous la main. Elle avait mis trop longtemps à découvrir qu'ils fuyaient en masse à San Basilio de Palenque pour échapper à sa voracité.

« J'ai compris que j'aurais été capable de les tuer à coups de machette, dit-elle sans une larme. Eux, la petite, vous, mon fricoteur de père et tous ceux qui s'étaient foutus de ma vie. Mais je n'étais plus personne pour tuer quiconque. »

Ils demeurèrent silencieux à contempler le crépuscule sur la cannaie dévastée. On entendit à l'horizon un troupeau d'animaux improbables et une voix de femme inconsolable qui les appela par leur nom, un à un, jusqu'à la nuit tombée. Le marquis soupira :

« Je vois que je n'ai à vous remercier de rien. »

Il se leva sans hâte, remit la chaise à sa place, et partit par où il était venu, sans un adieu et sans lumière. Tout ce qu'on retrouva de lui, deux années plus tard, sur un chemin fantôme, fut sa carcasse humiliée par les charognards.

Martina Laborde avait passé toute la matinée à broder pour achever un travail en retard. Elle avait déjeuné dans la cellule de Sierva María, puis était retournée dans la sienne faire la sieste. Le soir, le dernier feston presque terminé, elle dit à la petite avec une tristesse inaccoutumée :

« Si un jour tu sors de cette geôle, ou si je sors avant toi, souviens-toi toujours de moi. Ce sera mon unique bonheur. »

Sierva María ne comprit ces mots que le lendemain, quand la gardienne la réveilla à grands cris parce que Martina n'était pas dans la cellule. On avait fouillé tout le couvent sans trouver trace d'elle. Elle n'avait laissé que quelques mots, tracés d'une écriture fleurie, sur un bout de papier que Sierva María dénicha sous l'oreiller : *Je prierai trois fois par jour pour que vous soyez très heureux.*

La petite était encore sous l'effet de la surprise

lorsque l'abbesse et la sous-prieure entrèrent, suivies d'un bataillon de nonnes et d'une patrouille de gardes armés de mousquets. L'abbesse posa sur Sierva María une main lourde de colère et s'écria :

« Tu es complice et tu seras châtiée. »

La petite leva le bras avec une assurance qui cloua l'abbesse sur place.

« Je les ai vus partir », dit-elle.

L'abbesse demeura bouche bée.

« Elle n'était pas seule ?

— Ils étaient six », dit Sierva María.

Cela semblait impossible, d'autant qu'ils n'avaient pu s'échapper par la terrasse dont la seule issue était le patio fortifié.

« Ils avaient des ailes de vampires, dit Sierva María en agitant les bras. Ils les ont déployées sur la terrasse et l'ont emmenée avec eux en s'envolant loin, très loin, de l'autre côté de la mer. »

Epouvanté, le commandant de la patrouille se signa et tomba à genoux.

« Sainte Marie mère de Dieu, dit-il.

— Priez pour nous pauvres pécheurs », ajoutèrent-ils d'une seule voix.

Ce fut une évasion parfaite, planifiée par Martina dans les moindres détails et le secret le plus absolu dès l'instant où elle avait découvert que Cayetano passait ses nuits au couvent. Sa seule erreur fut de ne pas prévoir, ou d'oublier, de fermer de l'intérieur l'entrée de l'égout afin d'éviter tout soupçon. Les enquêteurs la trouvèrent ouverte, explorèrent le tunnel, découvrirent la vérité et bouchèrent sans attendre les deux issues. On transféra de force Sierva María dans une cellule cadenassée du pavillon des emmurées vivantes. Le soir même, sous une lune resplendissante, Cayetano se brisa les poings en voulant démolir le mur qui fermait le tunnel.

Emporté par une force démentielle, il courut chercher le marquis. Il poussa le portail sans frapper et entra dans la maison déserte, qui semblait illuminée de l'intérieur tant la clarté du ciel donnait aux murs chaulés une transparence lunaire. La propreté, le mobilier à sa place, les fleurs dans les jardinières, tout dans la maison abandonnée respirait un ordre parfait. Le grincement des gonds avait excité les molosses, mais un ordre martial de Dulce Olivia les fit taire sur-le-champ. Cayetano l'aperçut, phosphorescente et belle entre les ombres vertes du patio, vêtue d'une robe de marquise et la chevelure parée de camélias vivants aux fragrances capiteuses. Il leva la main, pouce et index en croix.

« Par Jésus-Christ notre Seigneur, qui es-tu ? demanda-t-il.

— Une âme en peine, répondit-elle. Et vous ?

— Je suis Cayetano Delaura et je viens supplier à genoux monsieur le marquis de m'écouter un instant. »

Les yeux de Dulce Olivia scintillèrent de fureur.

« Monsieur le marquis n'a rien à entendre d'un ruffian.

— Et vous, qui êtes-vous pour parler avec tant de morgue ?

— La reine de cette maison, dit-elle.

— Pour l'amour de Dieu, dit Delaura, dites au marquis que je désire lui parler de sa fille. » Et il ajouta sans détour, la main sur le cœur :

« Je meurs d'amour pour elle.

— Un mot de plus et je lâche les chiens », dit Dulce Olivia, indignée, et elle désigna la porte : « Hors d'ici. »

Elle avait un air d'autorité si redoutable que Cayetano sortit à reculons pour ne pas la lâcher du regard.

Le mardi, quand Abrenuncio se rendit à l'hôpital, il trouva Delaura dans son cagibi, anéanti par les veilles mortelles. Celui-ci avoua tout, des motifs réels de son châtiment aux nuits d'amour dans la cellule. Abrenuncio demeura perplexe.

« J'aurais tout imaginé de vous, sauf ces excès de démence. »

Surpris à son tour, Cayetano demanda.

« N'avez-vous jamais connu cela ?

— Jamais, mon fils, jamais, dit Abrenuncio. Le sexe est un talent que je ne possède pas. »

Il tenta de l'influencer. Il lui dit que l'amour est un sentiment contre nature qui condamne deux inconnus à une dépendance mesquine et malsaine, d'autant plus éphémère qu'elle est plus intense. Mais Cayetano ne l'écoutait pas. Son obsession était de fuir le plus loin possible la tyrannie du monde chrétien.

« Seul le marquis peut nous aider dans le respect de la loi, dit-il. J'ai voulu l'implorer à genoux mais je ne l'ai pas trouvé.

— Vous ne le trouverez jamais, dit Abrenuncio. La rumeur lui a rapporté que vous aviez tenté d'abuser de la petite. Et à présent je me rends compte que, d'un point de vue chrétien, ce n'est pas faux. » Il le regarda dans les yeux :

« Ne craignez-vous pas de vous damner ?

— Je crois l'être déjà, mais l'Esprit Saint me protège, dit Delaura avec calme. J'ai toujours pensé qu'il tenait l'amour pour plus important que la foi. »

Abrenuncio ne put cacher l'admiration que lui inspirait cet homme libéré depuis peu des contraintes de la raison. Mais il évita de le bercer d'espérances trompeuses, d'autant que le Saint-Office avait son mot à dire.

« Votre religion est celle de la mort et elle vous insuffle le courage et la chance de pouvoir l'affronter, dit-il. Ce n'est pas mon cas : je crois que la seule chose essentielle est d'être vivant. »

Cayetano se précipita au couvent. Il entra en plein jour par la porte de service et traversa le jardin sans précaution aucune, convaincu que le pouvoir de la prière l'avait rendu invisible. Il monta au deuxième étage, s'engagea dans un corridor vide, très bas de plafond, qui reliait les deux ailes du couvent, et pénétra dans l'atmosphère paisible et raréfiée des emmurées vivantes. Sans le savoir, il passa devant la nouvelle cellule où Sierva María pleurait d'amour pour lui. Il s'approchait du pavillon de la prison lorsque, derrière lui, un cri l'arrêta net :

« Halte-là ! »

Il se retourna et vit une nonne, le visage recouvert d'un voile, qui brandissait un crucifix. Il fit un pas, mais la sœur lui opposa la force du Christ. « *Vade retro* », s'écria-t-elle.

Il entendit une autre voix dans son dos : « *Vade retro*. » Puis une autre et une autre encore : « *Vade retro*. » Il tourna à plusieurs reprises sur lui-même et s'aperçut qu'il était au milieu d'un cercle de nonnes fantastiques au visage voilé, qui le harcelaient de leurs cris, crucifix levés.

« *Vade retro, Satana !* »

Cayetano était arrivé au bout de ses forces. Il fut placé sous la garde du Saint-Office et condamné à être jugé en place publique. On le déclara suspect d'hérésie, et le procès suscita des émeutes dans la population et des controverses au sein de l'Eglise. Une grâce spéciale l'autorisa à purger sa peine comme infirmier à l'hôpital de l'Amour de Dieu, où durant de nombreuses années il partagea la vie de ses malades, mangea et dormit avec eux à même le sol, se lava dans l'eau sale de leurs auges, sans voir jamais exaucé son désir proclamé de contracter la lèpre.

Sierva María l'attendit en vain. Au bout de trois jours, elle cessa de manger, en un accès de révolte qui aggrava les indices de possession. Tourmenté par l'arrestation de Cayetano, par la mort inexplicable du père Aquino, par le retentissement public d'un malheur qui échappait à son entendement et à son pouvoir, l'évêque reprit les exorcismes avec une énergie inconcevable pour son âge et son état de santé. Sierva María, tondue à ras et dans la camisole de force, l'affronta avec une férocité satanique en empruntant des langues infernales et des hurlements d'oiseaux démoniaques. Le deuxième jour, on entendit un mugissement effroyable de troupeaux furibonds, la terre trembla et nul ne douta plus que Sierva María fût à la merci de tous les démons de l'enfer. Dans la cellule, on lui administra un lavement d'eau bénite, une méthode française pour expulser ceux qui demeuraient encore dans les entrailles.

La persécution se prolongea pendant trois jours. Sierva María, qui n'avait rien mangé depuis une semaine, parvint pourtant à dégager une jambe et à renverser l'évêque d'un coup de talon dans le bas-ventre. Alors, on s'aperçut qu'elle avait pu se libérer parce que les courroies ne l'enserraient plus tant sa maigreur était extrême. Le scandale imposait d'interrompre les exorcismes et le chapitre en convint, mais l'évêque s'y refusa.

Sierva María ne sut jamais ce qu'il était advenu de Cayetano Delaura ni pourquoi il n'était pas revenu avec sa corbeille de friandises de la Porte des Marchands et sa passion insatiable. Le 29 mai, ses forces l'abandonnèrent et elle revit en rêve la fenêtre ouverte sur un paysage de neige, où Cayetano ne se trouvait pas et ne se trouverait jamais. Les grains dorés d'une grappe de raisin posée sur ses genoux repoussaient à mesure qu'elle les mangeait. Mais cette fois, elle les détachait deux par deux et non plus un par un, sans respirer, tant était grande sa hâte de devancer la grappe et de cueillir l'ultime grain. La gardienne qui entra afin de la préparer pour la sixième séance d'exorcisme la trouva morte d'amour dans le lit, les yeux pleins de lumière et la peau soyeuse comme si elle venait de naître. Un duvet doré moutonnait sur son crâne rasé et s'épandait en boucles que l'on voyait grandir.

Composition réalisée par JOUVE

Achevé d'imprimer en juillet 2007 en France sur Presse Offset par
Maury-Imprimeur - 45330 Malesherbes
N° d'imprimeur : 130859 - N° d'éditeur 86275
Dépôt légal 1er publication : mai 1997
Édition 10 - juillet 2007
LIBRAIRIE GÉNÉRALE FRANÇAISE - 31, rue de Fleurus - 75278 Paris Cedex 06